Gerhard Vohs

# Hilfe,
meine Kater spricht
**Die Sechspfoten-Wohngemeinschaft**

**Eine haarsträubende
Abenteuergeschichte, wo das Herrchen
nach der Pfeife eines Katers tanzt**

Foto Umschlagseite: Gerhard Voss
"Kater Tommy"

*Bibliografische Information der Deutschen Nationalbibliothek:*

*Die Deutsche Nationalbibliothek verzeichnet diese Publikation in der Deutschen Nationalbibliografie; detaillierte bibliografische Daten sind im Internet über http://dnb.dnb.de abrufbar.*

*© 2016 Name des Autors/Rechteinhabers:*
*Gerhard Vohs*

*Illustration: Gerhard Vohs*

*Herstellung und Verlag: BoD – Books on Demand, Norderstedt*

*ISBN 978-3-7412-4142-0*

Inhaltsverzeichnis:

## **Hilfe**
Meine Kater spricht

1. Prolog **7**

2. Was kann ein Tag schon bringen, wenn er mit dem Aufstehen beginnt **14**

3. Es is(s)t, wie es is(s)t **26**

4. Dehydrationsprophylaxe versus Anorexieprophylaxe **39**

5. Balkonien ist ein Urlaubsgebiet, das sich im Wohnbereich befindet **53**

6. Filtriertes, nach Moder riechendes Wasser, schmeckt einfach besser **66**

7. Climbing wie in den Adventure Mountain **74**

8. Über Gewicht redet man nicht, Gewicht bekommt man **88**

9. Sein Magen ist so leer, dass ich das Knurren in der Achselhöhle hören kann **102**

10. Wie ein Aerifiziergerät bohrte er seine Krallen in den Bizeps **116**

11. Ein chinesisches Sprichwort sagt: Grabe den Brunnen, bevor du Durst bekommst **128**

12. Wie ein chaotisches surreales Puppentheater **139**

13. Eigentlich ähneln wir Menschen uns den Tieren in vieler Hinsicht **150**

14. Doch kann ich zufrieden sein, Untertan der besten, schönsten und klügsten Katze der Welt zu sein **160**

# **Hilfe**
mein Kater spricht

## 1. Prolog

Es war der Wunsch meiner Frau, ein Haustier aufzunehmen, am liebsten einen Hund, ein Hund mit Biss. Schon im Vorfeld hatte sie die persönlichen Vorlieben und auch die Einschätzung der Lebenssituation, die zeitliche Gebundenheit und die Verantwortung des Tieres zwischen uns fachgerecht aufgeteilt.

Doch das was Frauen meistens sagen, ist nicht immer das, was sie meinen. Um das zu verstehen, braucht man eine korrekte Übersetzung. So werden Personalpronomen der zweiten Person Singular doch oft mit dem Personalpronomen der ersten Person Plural verwechselt.

Während sie eher zum Dosenöffner mutiert, würde mir dann die Aufgabe erliegen, für die geistige Auslastung und Beschäftigung des Hundes zu sorgen sowie jeden Tag mehrmals mit ihm Gassi zu gehen, was selbst bei Heranziehen einer Sturmfront mit wolkenbruchartigem Gewitter, Hagel- und Graupelschauern, Glatteisregen und Schneegestöbern, unumgänglich sei. Ein Abenteuer der abstrakten Art.

Sicher, Tausende Wetterstationen an Land, an Bord von Schiffen und Flugzeugen, ja eine ganze Armada von Satelliten, die im Orbit kreisen und ein riesiger Großrechner, der die Daten verarbeitet, lassen einem schon wissen, ob man am nächsten Tag lieber einen Regenschirm mitnehmen sollte oder nicht.

Doch Wettervorhersagen gehören zu den berühmtesten Sagen überhaupt und erreichen heutzutage sage und schreibe nicht mal eine Trefferquote von fünfzig Prozent.

In einem ausführlichen Disput "Hund versus Katze" gab es schließlich einen eindeutigen Sieger. Tage später zog Kater Tommy bei uns ein. Er sollte in erster Linie das Leben meiner Frau versüßen, da sie von einer schweren Krankheit heimgesucht wurde, die ihr Leben veränderte.

Tage und Monate vergingen, Tommy gewöhnte sich an sein neues Zuhause, war sehr agil, konnte sich auch selber beschäftigen, und wenn er das Bedürfnis hatte, schmusen zu wollen, dann meldete er sich bei seinem Frauchen.

Doch Frauchen ging es von Tag zu Tag schlechter. Trotz diverser Therapien könnte man sie nicht am Leben erhalten und so zerbrach nicht nur eine Welt für mich, nein es war, als hätte man mir bei lebendigem

Leibe das Herz aus der Brust gerissen und ich nun versuchte, nicht zu verbluten.

Ich holte aus unserem Kleiderschrank ein Päckchen heraus, indem in Seidenpapier eingewickelt, ein aus Maulbeerseide gefertigter Schlafanzug mit Spitzenstickerei sich befand. Von allen Seiten betrachtete ich ihn und dachte an die Zeit, als ich ihn gekauft hatte. Es war an dem Tag, wo man uns weismachen wollte, die Krankheit besiegt zu haben.

Für eine besondere Gelegenheit wollte sie ihn aufbewahren. Jeder Tag mit dir ist eine besondere Angelegenheit, hatte ich daraufhin gesagt. Sie hatte ihn nie getragen und ich glaubte, dass der richtige Moment nun gekommen war. So legte den Schlafanzug zu den anderen Sachen, die von dem Beerdigungsinstitut mitgenommen werden sollten, um sie für ihren letzten Gang aufzuhübschen.

Man sagt zwar, dass derartige Wunden mit der Zeit verheilen, doch im Inneren wird immer eine tiefe Wunde verbleiben.

Einziger Trost war Tommy, der Kater meiner Frau, das Oberhaupt unserer Familie, einerseits ein etwas misstrauisches Tier, anderseits eine neckische und spitzbübische Fellkugel.

Er wusste, wenn ich traurig war, wann er

mich trösten müsste und wann es besser war, mich doch lieber allein zu lassen. Meine Aufgabe war es nun, mein Leben und auch die Trauer mit ihm zu teilen.

»Komm schon«, maute er immer wieder, »du bist ein Krieger. Ich kann es an deinen Augen sehen. In deinen Adern fließt das Blut eines wahren Helden. Alles was du in den letzten Tagen erlebt hast, macht dich nur härter. Erfülle deine Bestimmung, denn ich bin ja auch noch da.«

Ja sein Miauen gab mir immer wieder Zuversicht und Schutz vor trister Einsamkeit. Dafür schätzte ich ihn sehr und ließ gerne hin und wieder mal fünf grade sein. Schließlich ist er ein Lebewesen und kein Spielzeug, kein Möbelstück und auch kein Spielfilm in Überlänge.

Doch schnell hat er erkannt, dass ein bestimmtes Verhalten bei mir Erfolg bringt, dass er tun und sein lassen konnte, was er wollte. Er lernte schnell, meine Laute zu deuten. Meistens aber tat er so, als würde er sie nicht verstehen. Eine Taktik oder auch ein schauspielerisches Talent, um damit zu zeigen, wer denn nun eigentlich wirklich der Chef hier im Hause ist.

Liege ich im Wohnzimmer auf dem Sofa, schaue fern und höre plötzlich ein leichtes Scharren an einer Tür, dann steht er meistens vor dem Kleiderschrank im

Schlafzimmer und erwartet nun, dass ich aufstehe, ihm die Tür öffne, damit vier Samtpfoten im Schrank verschwinden, um auf einen meiner dunklen Lieblingspullover sein kindliches Wohnbefinden zu zeigen und danach ein Nickerchen darauf zu machen.

Erfolg ist sein ausschlaggebendes Kriterium, ein "Nein" hingegen nur der Ausdruck mangelnder Fantasie und so öffne ich ihm selbstverständlich die Tür, um sein Vorhaben zu bewältigen.

In unserer nun entstandenen zwangsläufigen Männer-WG, wo ich mir manchmal wie Robinson Crusoe auf einer einsamen Insel vorkam, Tommy mich dabei, wie sein Freund Freitag behandelte, sind die Aufgaben dezidiert.

Tommy darf keine alten Zeitschriften ins Haus schleppen, dafür darf er die flauschig schön anzusehenden Wollmäuse hinterm Schrank hervorholen und mit ihnen spielen, anstatt sich über sie zu beschweren. Er darf keine Bierfahne haben, wenn er sich nachts an mich kuschelt und vor allem nicht schnarchen, sondern nur gedämpft schnurren, wenn wir uns das Kopfkissen teilen.

Seine Krallen kann er ruhig in die nagelneuen Nylonstrümpfe der hübschen Nachbarin verhängen, sein beneidenswertes volles und glänzendes Haar selber pflegen aber niemals den Kühlschrank mit Bierdosen vollstopfen.

Ich hingegen werde ihn streicheln, wenn er es will; werde mit ihm spielen, wenn ihm danach gelüstet; ihn nicht stören, wenn er faulenzt und nicht böse sein, wenn er Dummheiten gemacht hat.

Ausschlafen ist nicht mehr angesagt, verschlafen allerdings auch nicht mehr, da mannigfaltige Aufgaben verrichtet werden müssen, wie zum Beispiel die Fressnäpfe nachzufüllen, bis sie überlaufen.

Tommys Meinung nach, eignen wir Menschen uns verhältnismäßig gut für das Zusammenleben mit Katzen, da wir Dosen öffnen können und wir es akzeptieren, dass wir im Gegenteil zu Hunden, die ein Herrchen haben, sie hingegen ein Diener besitzen.

Zwischen Tommy und sein Diener bestand nun eine innige Verbundenheit, ein inniges Verhältnis nach menschlichem Postulat, eine Verwöhnung und Behandlung nach selbstlosen Maßstäben.

Wir unterhielten uns viel über das Weltgeschehen und philosophierten ein wenig, sprachen über Frauchen und schauen uns gemeinsam alte Bilder an.

Bei einigen Bildern miaute er, was wohl mehr oder wenige bedeuten sollte:

»Auf den Fotos siehst du richtig gut aus.«

Könnte aber auch heißen:

»Zwischen heute und den Bildern liegen bequem zwanzig Kilo.«

Mit seinem Miauen, schnurren oder auch Gähnen gab er mir dann zu verstehen, dass er das Gleiche denken würde, es für Akzeptable hielt oder es einfach zum Gähnen langweilig sei. Manchmal sitzt er auch nur dumm rum und denkt sich sein Teil.

Ich glaube, dass er manchmal der Meinung ist, dass ich an fehlender Realitätswahrnehmung leide, dass ich denken würde, es wäre meine Wohnung und dass er nur da wäre, damit ich nicht alleine bin.

Vielleicht mag er in einer Hinsicht recht haben, aber ich könnte mir heute ein Leben ohne ihn kaum mehr vorstellen. Uns verbindet eine ganze Menge und allen voran sein Frauchen, meine Frau. Deshalb genieße ich jeden Tag mit ihm, der Erinnerungen wiedergibt und Trauer beseitigt, ein Tag, der sich eigentlich in gleicher Weise immer wieder wiederholt.

## 2. Was kann ein Tag schon bringen, wenn er mit dem Aufstehen beginnt

Es gibt Menschen, dessen Verstand sie versucht zu belehren, sich einfach von der warmen, kuscheligen Bettdecke nicht zu trennen, lieber weiter von Wind in den Haaren, Sand unter den Füßen und Salzwasser auf der Haut zu träumen. Wir brauchen diesen Schlaf, um uns zu erholen und um Energie zu sparen. Wissenschaftler behaupten sogar, dass das Gehirn während der Schlafphase aufgeräumt, frisch gelerntes gespeichert und unwichtiges gelöscht wird. Ähnlich wie das Defragmentieren eines Datenchaos auf einer Festplatte, also die Neuordnung, damit man schneller auf einzelne Daten zurückgreifen kann. Ein Optimieren des Betriebssystems namens Gehirn.

Doch die grausame Rache des eifersüchtigen Weckers, der nach Vergeltung schreit, dass man sein Bett mehr liebe als ihn, ist unermüdlich. Jeden Morgen führt er zu schrecklicher Pein und Qual, wenn er den Nachtschlaf viel zu früh beendet.

Hierzu hat sich das instinktive Drücken des Snooze Button, also die Schlummertaste auf dem Radiowecker, zu einer der äußerst beliebtesten Tätigkeiten am frühen Morgen nach dem Wecker klingeln erwiesen. Er verschiebt immerhin das Aufstehen um einige Minuten nach hinten, und wenn man es gleich mehrmals durchführt, dadurch zu spät aus den Federn kommt, ist das Verlassen des Hauses im Eiltempo unumgänglich.

Viele stellen sich auch den Wecker extra eine halbe Stunde vor, um dem Wachwerden noch ein wenig zu trotzen. Einige haben sogar gleich mehrere Wecker neben dem Bett stehen und verschlafen trotzdem. Andere lassen ihn in ausreichender Entfernung stehen, um die Snooze Taste nicht berühren zu können.

Ich kann von mir behaupten, dass ich ein Frühaufsteher bin, gehöre nicht zu den Menschen, die mit verschlafenen Augen, Zahnbürste im Mund und Kaffeebecher in der Hand versuchen, sich anzuziehen. Auch nicht zu den Künstlern, die während der Autofahrt sich ein Sandwich mit Putenbrust, Feldsalat, Pesto, Schinken, Frühstücksspeck, geriebene Käse, Ketchup, Olivenöl, Salz und Pfeffer und Tomaten belegen können.

Es ist das endogene Schlaf-wach-Verhalten, dass von einer inneren Uhr gesteuert wird, ein innerer Taktgeber, der mir sagt: Los raus aus den Federn, der Tag versaut sich nicht von allein.

Doch nur einer kennt diese präzise Steuerung meines Schlaf-wach-Verhaltens, es ist mein Kater Tommy, neun Jahre alt, zimtfarbenes Fell mit weißen Pfoten, wohlernährt und unsportlich, ständig am Verhungern, Chef des Hauses und Jungfrau. Ein Wallach unter den Tieren.

Schon weit bevor mir ins Gedächtnis gerufen wurde, mich so langsam auf das Aufstehen vorzubereiten, sitzt mein Kater vor dem Bett und hypnotisierte mich mit der Ausdauer eines Faultieres, dessen Verdauung einer Mahlzeit alleine bis zu einem Monat dauern kann. Vielleicht ist es aber auch nur der Anprall seiner Müdigkeit, die ihn halt mit offenen Augen vor meinem Bett einschlafen lässt.

Manche merken sofort, wenn sie beobachtet werden, andere brauchen etwas länger. Es ist der siebte Sinn, den man spürt, wenn einem dieses Phänomen des gespürten Blickes sich wie ein Akkubohrer in einem hineinbohrt.

Oder wie beim Flirten. Ein kleiner verstohlener Blick kann schon ausreichen, um jemanden zum Schmelzen zu bringen. Der Blickkontakt ist immer das i-Tüpfelchen bei einer Annäherung.

Bei dieser Art der "Observation" schnurrt mein Kater noch dabei. Ein niederfrequentes, gleichmäßiges vibrierendes Geräusch, das von kaum hörbar bis beinahe aufdringlich ausfallen kann. Doch gerade am frühen Morgen, wo kaum Autos fahren, Flughäfen noch geschlossen sind und selbst die Nachbarn noch träumen, da hört sich das Schnurren an, als wenn jemand neben einem liegt und mit einem zunächst leisen zzzZZZzzz über einem starken CCCcccCCC und einem lauten sCCCHHH bis hin zu einem Nasenlaut, welches mit kräftigen Rapüüüh endet, einem berieselt.

Langsam öffne ich die Augen, und da die Dämmerung erst langsam eintrat, sah ich nur die Umrisse einer runden Fellkugel mit spitz zu laufenden Ohren, die immer näherkam. Wie das Crescendo eines Orchesters wuchs auch das Schnurren an, bis er so dicht war, dass durch das Beschnuppern meines Gesichtes seine Vibrissen anfingen, an meiner Nase zu kitzeln.

Ich drehte mich auf den Rücken, wollte noch ein bisschen Dösen, über den heutigen Tag nachdenken, denn heute ist kein normaler Tag, zumindest nicht für mich.

Es ist der vierte Todestag eines geliebten Menschen, den man verloren hatte, meiner Frau. Erinnerungen stiegen auf, als wir uns kennenlernten. Man wie lange ist das schon her, zwölf Jahre, fünfzehn Jahre, noch länger? Es wäre die abenteuerlichste Form gewesen, einen Partner kennenzulernen, zwischen Bratwürstchen, Bauchspeck und Kartoffelsalat, wenn ich mich nicht zu sehr um meine Freunde gekümmert hätte.

Es war auf der Grillparty eines Nachbarn. Sie hatte mich beobachtet, als wenn ich der Bandleader einer Rockgruppe gewesen war und sie als "pubertierender Teenager" darauf wartete, dass ich in ihre Richtung sehe, damit sie sich mit hysterisch kreischenden Bewegungen bemerkbar machen konnte. Doch ich bemerkte sie nicht.

Tage später führte uns das Schicksal zusammen, als ich geschäftlich mit ihr in Verbindung trat. Es war wie die Liebe auf den ersten Blick, ein magischer Moment, wo sich unsere Blicke trafen und plötzlich die Zeit anfing, stillzustehen.

Wir konnten miteinander reden, denn jeder hatte immer was zu sagen; wurden niemals alleine gesehen, sodass man uns schon als siamesische Zwillinge bezeichnete. Einige behaupteten sogar, dass man Magnete in unsere Hände eingepflanzt hätte, weil es keinen Moment gab, wo wir nicht Hand in Hand durch die Gegend marschierten.

Vorsichtig und doch neugierig hatten wir uns kennengelernt. Diese Zeit liegt nun schon lange zurück und manchmal ist es mir, als wäre es erst gestern gewesen.

Traurig lag ich in meinem Bett, als eine Träne sich löste.

»Hey übertreibst du es nicht ein bisschen? Es ist bereits vier Jahre her. Das Leben geht weiter, egal wie sehr du dir das auch wünscht, die Zeit zurückdrehen zu können.«

Erschrocken fuhr ich hoch, herausgerissen aus einer wundervollen Erinnerung und schaute mich im Raum um. Niemand war zu sehen. War es eine akustische Halluzination, eine Stimme, die sich mir aufdrängte, die mir etwas zuflüsterte oder befehlen wollte, die den Moralapostel spielte? Die Stimme eines Geistes in der unsichtbaren Welt?

»Komm schon, steh auf und las uns Frühstücken.«

Wieder diese Stimme, wieder durchsuchte mein Blick das Zimmer, blieb aber plötzlich auf meinem Kater hängen, der rechts von mir am Bettrand stand und mich fixierte.

»Warst du …, warst du der … Nein, du warst das nicht, was für eine dumme Einbildung von mir … Oder …? Sprich noch mal.«

»Miau.«

»Hä, hä, hä hab ich mir doch gedacht.«

Doch wer war das? War es nur eine fiktive Stimme in meinem Kopf? Ein Doppel-Ich, das leicht versetzt auf der linken Schulter des Haut-Ichs sitzt, und versucht mich von meinen Gedanken abzubringen? Eine Schattenseite, die alle unerfüllten Wünsche, Sehnsüchte und Fantasien verwirft?

»Ja schon gut, jetzt reicht es.«

»Nein, nein, nein«, rief ich überrascht und riss die Decke an mich, als wenn sie eine Art Schutzschild bilden würde. »Du bist …, du kannst sprechen …, verdammt du hast gesprochen«, bemerkte ich bestürzt und schaute dabei meinen Kater an.

»Na endlich hast du es kapiert. So und nun steh auf, ich hab Hunger.«

»Okay, mal ganz langsam«, bemerkte ich überlegend. »Ich liege hier in meinem Bett, im Schlafzimmer, in einer kleinen Zweizimmerwohnung mit Balkon und …, und habe einen sprechenden Kater?«

»Man ich bin doch nicht der einzige Kater auf der Welt, der sprechen kann. Denk mal an Tom von Tom und Jerry, an den gestiefelten Kater, Garfield, Kater Carlo, Mikesch von der Puppenkiste und viele, viele andere.«

»Ja aber das sind fiktionale Comicfiguren, du bist ein Lebewesen, du bist lebendig, du bist aus Fleisch und Blut.«

»Na und, einer muss doch den Anfang machen.«

»Aha und irgendwann ist dann dieser Planet von intelligenten Katzen bevölkert, die uns primitive Menschenrasse dann für Experimente missbrauchen.«

»Quatsch, du siehst zu viel fern … und wie lange willst du da noch herumliegen?«

»Ich glaub ich werde verrückt«, dabei rutschte ich wieder in die Liegeposition und schüttelte mein Kopf.

»Ey, ey, nicht wieder hinlegen, du musst aufstehen. Hast du denn schon alles vergessen? Du hast einen Kater hier im Haus, dessen Fressnäpfe leer sind und es ist deine Aufgabe, sie ständig zu befüllen. Also komm in die Socken.«

Ungläubig über die Situation und der Meinung, ich würde mich in einem Albtraum bewegen, der sich gleich in Luft auflösen wird, erhob ich mich dennoch. Tommy lief voraus, um mir den Weg in den privaten Spa-Bereich zu zeigen. Hier kann man sich pflegen und auch in der Badewanne entspannen.

Ein Blick in den Spiegel zeigt mir nicht nur den jeweiligen Zustand nach dem Aufstehen, der je nach den Erlebnissen des Vortages sehr unterschiedlich ausfallen kann, nein, er zeigt auch, dass das unumstrittene allmorgendliche Ritual des Duschens, Zähneputzen und Rasierens unumgänglich ist.

Während ich meinen Toilettengang verrichtete und überlegte, ob eine Katzenwäsche ausreichen würde, beobachte ich Tommy, wie er akribisch anfängt, sein Fell zu putzen. Seine Zunge, die mit kleinen Häkchen versehen ist, lässt er wie eine Bürste über sein Fell gleiten. Dabei achtete er darauf, dass sein Fell immer mit dem Strich gebürstet wird. In der Regel fängt er am Hals an und arbeitet sich zum Hinterteil vor. Wo er nicht ankommt, nimmt er seine Pfoten zu Hilfe, feuchtete sie an und striegelt über Kopf, Nase und Augen.

Dann die Reinigung seines Bauches. Graziös ließ er sich auf den Rücken fallen, beugte sich dann vor, als wenn er seine Bauchmuskulatur trainieren wollte, und striegelte ausgiebig und fanatisch mit den Papillen seiner Zunge über das Bauchfell.

Es war Zeit für mich zu duschen. Sofort sprang Tommy auf, weil er wusste, dass gleich eines seiner Lieblingsvergnügen folgen wird.

So stieg ich also ich in die Badewanne, schloss die Duschabtrennung und ließ den Wasserstrahl auf mich herab prasseln. Durch das geschlossene Element sehe ich Tommy, wie er in ausreichender Entfernung vor der

Badewanne sitzt und mir beim Duschen zusieht. Das Glas ist satiniert, sodass man nur Konturen erkennen konnte, dennoch sitzt er da und beobachtete mich, wie ein Schnüffler bei der Arbeit.

Ein angenehmes Gefühl, als der Strahl auf mein Gesicht fiel, leicht und sanft die Haut herunter rieselte und behutsam auf dem Boden der Wanne landete. Ein angenehmer Duft verbreitete sich, als ich das Shampoo auf der Haut verteilte und dieses karge Fliesenmeer in einen Tempel der Pflege und des Genusses verwandelte.

Tommy sitzt immer noch davor und gähnt zwischendurch ausgiebig vor sich hin. Er will mit dem Auseinanderklaffen seiner Kiefern ein emotionales Befinden andeuten, den Ausdruck von Müdigkeit, Langeweile und Unlust.

Schnell noch ein kaltes Abduschen um wach und bereit für den Tag zu werden. Dann stellte ich den Wasserhahn ab, nahm das Badehandtuch, trocknete mich ab und schlang es um meine Hüfte. Behutsam öffnete ich die Abtrennung, faltete die einzelnen Elemente zusammen, stieg heraus und spülte die Wanne aus.

Tommy stand schon neben mir, denn seine große Bestimmung kam immer näher. Nachdem ich das Wasser wieder abgedreht hatte, den Duschkopf auf der Gabelung der

Armatur legte, zum Waschtisch ging, um mich zu rasieren, sah ich im Spiegel, wie Tommy wortlos, mit einem sanften schnurren, in die Wanne sprang und anfing, sie trocken zu lecken.

»Tommy wie oft soll ich dir das noch sagen. Das Wasser in der Dusche gleicht sich dem Wasser in deinen Schüsseln wie ein Ei dem anderen.«

»Stör mich nicht, ich hab zu tun«, sprach Tommy und wieder erschrak ich, als ich seine Worte klar und deutlich verstand. Ich hatte gedacht, der Albtraum wäre vorbei, doch es schien so, dass ich mich immer noch in einem von verwerflichen Emotionen begleiteten Traum befinde.

Dabei schaute ich zu Tommy, wie er genüsslich seine Zunge über den Boden, den Wänden sogar am Strahlregler des Wasserauslasses entlang gleiten ließ, wie er kulinarisch jeden Wassertropfen mit der Zunge auffing, über die Speiseröhre in den Magen und dort weiter in den Darmtrakt gelangen ließ. Er genoss es, als wäre es Spaghetti-Eis mit Extra-Erdbeersoße.

Eine Angewohnheit, die er sich zugute geführt hatte. Jedes Mal wenn ich ins Badezimmer ging, folgte er mir. War ich eher im Bad und gerade dabei die Tür zu schließen, hörte ich nur noch ein aggressives miauen, was so viel bedeutet wie:

»Hey Alter, halt stopp, ich muss auch noch rein.«

»Oh Entschuldigung«, rechtfertigte ich mich jedes Mal, denn schließlich ist er der Chef.

Ich glaube, er geht jedes Mal davon aus, wenn ich das Badezimmer betrete, das ich duschen will, obwohl es auch andere Tätigkeiten gibt, die man dort verrichten kann. So springt er dennoch entweder gleich in die Wanne oder setzt sich davor und wartet …, wartet auf den Strahl, der die Wanne berieselt.

Um nicht jedes Mal die Wanne unter Wasser zu setzen, habe ich ihm ein Trinknapf auf den Wasserablauf gestellt, welches er auch hin und wieder als Ersatz für das Trockenlegen, benutzt. Doch meistens bettelt er geradezu, dass ich den Wasserhahn kurz mal aufdrehe, damit ein Rinnsal über den Boden der Wanne läuft, den er dann förmlich aufsaugen kann.

## 3. Er is(s)t, wie er is(s)t

Nachdem ich Zähne geputzt, mich rasiert und angezogen hatte, verließ ich das Badezimmer. Selbstverständlich ist auch Tommy bis dahin mit seiner morgendlichen Toilette und dem Trockenlegen der Badewanne fertig oder bricht zumindest abrupt seine Tätigkeit als Vileda-Model ab, denn jetzt kommt er zu seiner nächsten Leidenschaft.

Als Kavalier der alten Schule lasse ich ihm selbstverständlich den Vortritt, wenn ich die Tür öffne, worauf er mir den direkten Weg in die Küche zeigt. Immer wieder drehte er sich um, um sich zu vergewissern, dass ich auch den richtigen Weg einschlug. Doch wie jeden Morgen schritt ich erst mal durchs Wohnzimmer hin zum Balkon und öffnete die Tür, um frische Luft hereinzulassen.

Frische Luft macht munter und stärkt das Immunsystem im Kampf gegen die nervigen Krankheitserreger. Luft erhält mehr Sauerstoff als die abgestandene im Raum und regt den Körper und den Kreislauf an.

Tommy steht wiedermal neben mir, und während ich die Verheißung des neuen Tages in der Luft spüre, Minuten lang an nichts denke, versucht Tommy sich zu orientieren, von wo das Vogelgezwitscher herkommt, das den Tag mit ihrem Gesang begrüßt. Immer mehr Vögel stimmen zu einem Stück stimmungsvolle Lebensqualität mit ein, zu einem ornithologischen Open Air Konzert.

Ich beobachtete Tommy, jeden Gang von ihm, jede Bewegung, die er machte, versuchte Veränderung an ihm festzustellen, doch vergebens, seine Art, wie er sich gab, war unverändert, unerlässlich. Es war Tommy, mein Tommy. Doch wie kann es sein, dass wir verbal miteinander kommunizieren können? Und schon passierte es wieder:

»Hey Dosenöffner, bist du taub? Das war kein Erdbeben, das war mein Magen, der gerade rebellierte. Er ist leer …, el – e – e - är …, leer«, meckerte Tommy und benutzte meine Beine als Pylonengasse.

»Ich kann es immer noch nicht glauben, dass ich dich verstehe.«

»Na und. Ich bin nur verantwortlich für das was ich sage, nicht für das, was du verstehst.«

»Warum hast du nicht vorher mit mir gesprochen?«

»Naja, bisher hast du noch nie vor dem Frühstück geheult.«

»Ich hab ich geheult, ich bin nur ein bisschen traurig gewesen, wegen Frauchen.«

»Brauchst du nicht mehr, du hast doch mich. So und nun würde ich gerne mal wieder mein Kopf in eine gefüllte Fressschale stecken.«

»Oh Entschuldigung, geht sofort los.«

Ich drehe mich um, verließ das Wohnzimmer und ging in die Küche. Klar, dass Tommy mir folgte, denn für ihn gilt, nicht aus den Augen lassen, sondern immer in der Lage sein, sofort ein Kommando zu geben, wenn es vonnöten ist. Und jetzt wo ich ihn verstehe, kann ich ja noch besser auf seine Bedürfnisse eingehen.

Des Öfteren habe ich mich schon gefragt, ob es eine Erklärung dafür gibt, wieso ich den gleichen Mist immer wieder mache, wieso fülle ich nicht erst die Fressnäpfe und koche mir dann meinen Kaffee? Es ist die Gewohnheit, die mich immer wieder dazu verleitet, keine Veränderungen zuzulassen. Außerdem ist es schwer, seine Gewohnheiten zu ändern. Eigentlich will ich es auch gar nicht und Tommy stört es nicht, ob er sein Fressen vor dem Kaffeekochen oder danach bekommt.

Er bekommt morgens eine Aluminiumschale mit Nassfutter und im

Laufe des Tages je nachdem wie hungrig er ist, noch ein bis zwei Portionsbeutel, manchmal sogar drei. Dazu sein Trockenfutter.

So stehe ich an der Küchenarbeitsplatte und ziehe den Deckel einer Schale so auf, dass er noch an einer Seite mit dem Rand der Schale verbunden bleibt. Wie immer dauert es dem Kater zu lange, wobei er versucht sich an der Arbeitsplatte hinauf zu strecken und nach der Aluminiumschale zu greifen.

Es ist wie das Free-Solo-Climbing, das Klettern an der Wand ohne künstliche Hilfsmittel wie Leitern und Metallstifte, die uneingeschränkte Auseinandersetzung zwischen Mensch und dem Berg, äh … zwischen Tier und der Arbeitsplatte, wo die Macht über den eigenen Körper dominiert und nur der Weg das Ziel ist. Eine persönliche Herausforderung, die eine hohe Lebensintensität erfordert und durch Inspiration und Motivation gestärkt wird.

»Tommy«, sprach ich missbilligend zu ihm, wobei er mir seine Pfote entgegenhielt. Ich drehte die Schale so herum, dass er das Abbild des Menüs auf dem Deckel sehen konnte.

Sein Blick verharrte für den Bruchteil einer Sekunde auf dieser Abbildung, wobei er seine Nase so bewegte, als wenn er die visuellen, behaglichen, olfaktorischen Reize der Nahrung aufnehmen würde und sie schnell mal durch sein Gehirn prüfen lässt.

Das Riechvermögen bei Katzen ist von Geburt an ein hoch entwickeltes Sinnesorgan. Schon als neugeborenes Kätzchen, dessen kleinen Augen und Ohren noch verschlossen sind und es noch einige Zeit dauern wird, bis sie sehen und hören kann, verlässt sie sich auf ihren Geruchssinn. Bei ihrer ersten Vorwärtsbewegung, riecht sie die Mutter, fühlt die Wärme, die sie ausstrahlt, und beginnt zum ersten Mal an ihrer Zitze zu trinken. Dabei markiert sie diesen Platz als ihr Eigentum. Obwohl sie blind und taub ist, wird sie von nun an immer zu dieser Zitze zurückkehren, um zu trinken. Es ist die Duftmarke, die sie hinterlassen hat und die sie immer wieder zu dieser Stelle zurückführen wird. Die Nase der Katze unterscheidet auch zwischen genießbarem und ungenießbarem.

Nachdem Tommy das Aroma aufgenommen hat, sank er wieder zu Boden, schien mit der Wahl des Menüs zufrieden zu sein und wartete nun, dass ich ihm seine gefüllten Näpfe vorsetze. Eine Prozedur, die jeden Morgen erfolgte. Angefangen mit dem Hilfeschrei vor dem Hungertod, den Klimmzüge an

Küchenarbeitsplatte, das Beschnüffeln des Nassfutters und die anschließende Bestätigung durch kurze wie auch knappe miaue, was sich jetzt allerdings in eine für mich verständliche Sprache verwandelte und erstaunliches hervorbrachte:

»Naja es wird wenigstens den Magen füllen.«

»Wieso riecht es nicht lecker?«

»Doch schon, aber Giros mit Pommes und Zaziki wäre auch nicht schlecht.«

Das ist natürlich der Nachteil, wenn man die Sprache seines vierbeinigen Mitbewohners versteht, dann wird sofort indirekt erwähnt, dass man am liebsten vom gleichen Teller essen möchte. Frage mich nur, wie dann sein Essplatz aussehen wird.

Er lebt nämlich fernab jeglicher Essmanieren, verteilt gerne seine Nassfutter auf Wand und Boden. Besonders verunstaltet sieht die Wand an der Futterstelle aus, wenn auch nur bis zur Knöchelhöhe.

Die Konsistenz, der Durchmesser und die Farbe der Kleckse variieren je nachdem, was es zu essen gab. Doch was gleich blieb, war jedes Mal die Gewissheit, dass es Tommy geschmeckt hatte.

Um das Saubermachen und den weiteren Katastrophen entgegenzuwirken, hatte ich für ihn eine Futterstation angeschafft, mit zwei eingelassenen Fressnäpfen und erhöhtem Rückenteil. Zusätzlich eine Platzdecke für den Trinknapf, da er nicht nur beim Trinken schlürft, sondern auch gerne mit dem Wasser spielt, es rüttelt, schüttelt und rührt, bis es leer ist und der Boden aussieht, als wenn sich ein Tsunami ausgebreitet hätte.

Verdursten wird er nicht, dafür stehen in der Wohnung überall Trinkgefäße herum, wie zum Beispiel in der Badewanne. Oder er bedient sich an der Gießkanne, an den Topfpflanzen oder an den Wasserhähnen, die immer wieder ein paar Tropfen für ihn übrig haben.

Schnittblumen zu kaufen, hatte ich mir längst abgewöhnt, da er sie eh in nächtlicher Schwerstarbeit vom Tisch fegt, die Blüten im Zimmer arrangiert um einen repräsentativen Rahmen zu schaffen und anschließend das Wasser, zusammen mit dem Teppichboden, in einem sportlichen Wettkampf aufsaugt.

Nachdem ich nun sein Nassfutter in einem der Futternäpfe verbracht hatte, es noch mundgerecht verkleinerte, das andere Napf mit Trockenfutter füllte, stelle ich nun die Futterstation mit den exorbitant gefüllten Näpfen auf seinen Platz und warte nun auf die endgültige Entscheidung ob Gaumengraus oder Gaumenschmaus.

Meistens stürzt er sich wie ein vom Hungertod leidender auf die Fressalien, verschlingt es geradezu, nein er inhaliert es, jeden Bissen einzelnen. Ohne groß abzubeißen und mit wenigen Kaubewegungen, verschwindet ein Stück nach dem anderen in seinem Magen. Lange hält er sich bei einem Bissen nicht auf, kaut kein zweites Mal an der gleichen Stelle, verdrückt sie eher mit der Zunge. Er gibt sich richtig Mühe, verschwendet keine Zeit, lange an einem Stück herumzukauen, denn das würde ihn aus dem Gleichgewicht bringen.

Ein anderes Mal sitzt er hypnotisierend davor, als wenn er darauf wartet, dass sein Fressen anfängt, zu rappen und damit sein instinktives Bedürfnis der Jagd geweckt wird, eine schwach gewordene Beute gefahrlos zu erlegen. Doch nichts passierte und so kann es schon mal vorkommen, dass seine Augen immer kleiner werden und er vor seinen Fressnäpfen einschläft.

Manchmal sitzt er auch davor und überlegt, welches der mundgerechten Häppchen er zuerst genießen soll. Ist die Entscheidung getroffen, fährt er eine seiner mörderisch scharfen Krallen aus, bohrt diese in das ausgewählte Häppchen und führt es dann ganz gemächlich zum Mund. Ein kurzes Beschnuppern, als wenn er es begrüßen wollte und dann hinein in den Schlund, weg.

In solchen Situationen, wo er unappetitliche und schlechte Verhaltensweisen tunlichst unterlässt, Schlürfen, Schmatzen und Rülpsen als Unsitte betrachtet, habe ich das Gefühl, dass seine Katzenmutter ihm doch gelegentlich den Knigge erklärt hatte. Aber solcher Anstand hält nicht lange an und ändert sich schnell in ein "Kannste kniggen".

Nachdem ich Tommy bei seinen Essgewohnheiten beobachtete und dabei meinen Kaffeebecher geleert hatte, wurde es Zeit, dass ich mich auf den Weg zur Arbeit machte.

So stellte ich schon mal zum schnellen anziehen meine Arbeitsschuhe in den Flur, zog meine Jacke an, ließ vor dem Spiegel meine gespreizte Hand noch mal durchs Haar streifen und …

Heute war wieder einer dieser Tage, wo Tommy sich dem Gesetz zur Ächtung der Gewalt in der Erziehung widersetzte. Wie ein Fakir auf dem Nagelbrett lag er auf meinen Arbeitsschuhen und freute sich darüber, dass sich die Schäfte so perfekt an seinem Körper anschmiegten.

»Und was soll das werden?«, fragte ich. »Du hast Futter, Wasser, Spielsachen und jede Menge Schlafplätze, mach also kein Unfug.«

Schnurrend reckte er sich noch mal, schaute mich mit schläfrigen Augen an und maute:

»Schon mal was von Ausgehverbot gehört. Ich gehöre zur Sondereinheit des Innenministeriums und soll darauf achten, dass sich niemand zu lange im Freien aufhält.«

»Sag mal, ist dir das Fell zu eng, oder was?«

»Bleib mal cremig, Alter. Ich tu nur meine Pflicht.«

Eigentlich kann ich ja froh, dass er nicht auf die einfältige Idee kommt, meine Schuhe am Boden fest zu tackern oder Sekundenkleber zur Hilfe nimmt, dass er sie einfach nur mit seinem Bauch überdeckt. So versuchte ich vorsichtig erst mal einen Schuh unter der schweren Last seines Körpers hervorzuziehen, wobei ich an sein Gewissen appellierte:

»Weißt du Tommy, du bist mein bester Freund.«

»Das stimmt«, bemerkte Tommy.

»Du warst der Einzige, der mir seelischen Beistand gab, als Frauchen uns verlassen hatte.«

»Das ist auch wahr.«

»Ich würde ja gerne bleiben und mit mir über das Leben, Gott und die Welt philosophieren, aber ich muss zur Arbeit. Ich kann sie nicht immer wieder aufschieben, bis ich sie vergessen habe. Ich muss schließlich für unseren Unterhalt sorgen. Wenn ich kein Geld verdiene, würde deine Energiequelle dahinsiechen, du würdest Hunger leiden und dein Magen würde fragen, ob deine Kehle zugeschnürt wurde. Du würdest im Kühlschrank randalieren, würdest eine Dschungel-Camp-Diät machen und dich als Welthungerhilfe-Model bewerben. Du würdest Knast haben, Kohldampf schieben, ein Loch im Bauch vorfinden, Schmachten wie nichts Gutes. Der Hunger stellt dein Stoffwechsel auf den Kopf und verändert deine Wahrnehmung. In deinem Körper passiert ein drastischer Kalorienentzug und lässt deine Organe schrumpfen. Die erste Zeit kannst du von deinem körperlichen Lunchpaket zerren, aber dann …? Hm …, das alles wollen wir doch nicht, oder?«

Immer öfters wurde ich bisher das Gefühl nicht los, dass er mich versteht, dass er jedes einzelne Wort begreift, was ich sagte.

Gut manchmal hält er sich die Ohren zu, dann will er nur das Verstehen, was er verstehen will. Das ist dann, wie bei einem Spracherkennungsskript, bei den man Fragen beantworten muss, bevor man weiter verbunden wird, wie zum Beispiel: Buchstabieren sie ihre Namen, nennen sie ihr Passwort und so weiter, und so weiter. Versteht das Programm die Beantwortung nicht, erfindet es neue Fragen. Versteht es einen dann immer noch nicht, wiederholt es die Fragen, bis man entnervt aufgibt und den Hörer auflegt.

Doch ab heute weiß ich es definitiv, dass er mich ganz genau versteht, dass er meine Sprache spricht, dass er meine Gedanken durchblickt.

»Okay«, besann sich dann Tommy. »Dann werde ich ein bisschen Wellness machen, endlich mal so richtig Zeit für mich haben, ganz alleine sein und den ganzen Tag schlafen, aber …, mhm …, das mach ich doch jeden Tag, oder? Mhm.«

Daraufhin erhob er sich, ließ seinen Schwanz wie eine Peitsche durch die Luft tanzen und verschwand im Wohnzimmer. Ich zog meine Schuhe an und verabschiedete mich:

»Tschüss Tommy, bis heute Mittag oder so.«

»Kannste tanzen«, miaute Tommy aus der äußersten Ecke des Wohnzimmers, »dann tanz ab.«

Danach verließ ich das Haus.

## 4. Dehydrationsprophylaxe versus Anorexieprophylaxe.

Meine Arbeitszeit erlaubt es mir bereits mittags wieder zu Hause zu sein und, wenn ich Glück habe, findet sich sogar ein Parkplatz direkt vor der Tür. Normalerweise hört Tommy mich schon, wenn ich in die Straße einbiege. Er kennt die Motorengeräusche des Fahrzeuges genau, obwohl er nie drin gesessen hatte und eigentlich auch gar nicht weiß, was für ein Fahrzeugtyp ich fahre.

Mit der Zeit hat er den Unterschied der Geräusche herausgehört und sich den Individualsound meines Fahrzeuges eingeprägt, den er zusätzlich noch mit meinen Schrittgeräuschen verbindet. Er weiß, jetzt kommt der Alte, jetzt gibt es Streicheleinheiten, jetzt … gibt … es … endlich was zu futtern.

Im Vergleich zu Menschen können Katzen zwar Farben weniger gut erkennen, dafür ist aber ihr Gehör um Längen besser. Ganz besonders reagieren sie auf höhere Tonlagen, wie Kinder- oder Frauenstimmen, was auch erklärt, dass Tommy sich manchmal urplötzlich aufsetzt und lauscht, obwohl ich gar kein Geräusch wahrgenommen hatte. Er fokussiert irgendwelche entfernte Laute. Das wiederum erklärt auch, dass Tommy bereits an der Haustür wartet, während ich noch mit dem Einparken meines Fahrzeuges beschäftigt bin.

Früher hatte ich kaum die Haustür aufgeschlossen, da hörte man schon im Hausflur sein Miauen, Mauzen und Mauen aus dem zweiten Stock meiner Wohnung. Ein Gejammer wie der Gefangenenchor aus Nabucco, der schon die Mauer von Jericho zum Einsturz brachte.

Heute ist er älter und ruhiger, grölt nicht mehr so wie eine Teenie-Göre, die bei einem Weiche-Birne-Konzert die Aufmerksamkeit der Bubis auf sich ziehen will. Er weiß ja, dass sein Herrchen immer heimkommen wird, dass er ihn nie alleine lässt.

Auch kam er seinerzeit auf die Idee, sich an der Wohnungstürklinke hochzuziehen, wahrscheinlich um sie mir schon mal zu öffnen und er sein Fressen schneller bekommt. Doch leider war die Tür jedes Mal verschlossen. Oft hing er noch dran, als ich die Tür aufschloss und er dann mit erstaunten Augen um das Türblatt herum mich ansah.

Ganz selten kam es bisher vor, dass er mal nicht vor der Tür stand, dass er nicht bemerkte, wie ich die Treppe hinaufkam. Dann ist er so schwer mit seiner Traumreise quer durch den Katzenhimmel beschäftigt, dass er erst durch das Klack-Geräusch wach wird, welches durch das Drehen des Zylinderkerns mit dem Schlüssel beim Zurückführen des Riegels in das Schlossgehäuse entsteht sowie das Zurückschnappen der Falle beim Weiterdrehen.

Gemächlich stampfe ich auch heute wieder die Treppen hinauf, nehme die letzte Stufe vor meiner Wohnung und öffne schon mal die Schnürsenkel meiner Arbeitsschuhe, um sie auf der Fußmatte auszuziehen, damit ich den anhaftenden Dreck nicht in die Wohnung trage.

Tommy derweil begrüßt mich schon mal durch die Tür:

»Hey Keule, mach endlich die Tür auf.«

So schloss ich die Tür auf und kaum ein Spalt geöffnet, zwängt sich auch schon der Gratifikations-Checker heraus.

»Alles frisch oder was?«, sprach ich zu ihm und streifte dabei meine Schuhe von den Füßen.

»Ist das die ganze Begrüßung, wo ich doch den ganzen Tag alleine war?«

Tommy bemerkte meinen Blumenstrauß in der Hand, fing sofort an, daran zu schnuppern und meinte:

»Aha, Gladiatoren. Sind doch Gladiatoren, oder?«

»Quatsch, das sind Gladiolen.«

»Aja stimmt, das andere waren ja Heizkörper.«

»Ne das wiederum sind Radiatoren. Gladiatoren waren im alten Rom Schwertkämpfer, die in Kolosseum gegen anderen auf Leben und Tod kämpften. Der Name Gladiole leitet sich von dem Wort Gladius ab und bedeutet römisches Kurzschwert. Die Sieger eines Gladiatoren-Kampfes wurden mit Gladiolen überschüttet.«

»Siehste, sag ich doch, das sind Gladiatoren-Blumen.«

Und da haben wir das nächste Problem, wenn man sprachlich mit einem Kater auf gleicher Ebene steht. Ein Besserwisser, der einem das Glas Wasser reichen will, dass Wasser aber hingegen nicht.

Plötzlich nahm Tommy den Geruch der Schuhe wahr, den erdigen, muffigen, modrigen Geruch feuchten Mutterbodens. Er fing an nahezu seine Nase in die Profilrillen zu vergraben, in die Vertiefungen der Zwischenräume und atmete das Odeur einer landschaftlichen Gartenarbeit ein, als wenn er den Rauch eines in Papier eingewickelten, getrockneten Krautes inhalierte.

Nachdem ich meine Jacke aufgehängt hatte, stand ich an der Tür und wartete, wartete, dass Tommy mit seiner Beschnüffelung endlich ein Ende findet. Doch der Geruch von Mutterboden schien ihn so zu faszinieren, dass er sich immer tiefer in die Profilrillen rein quälte.

»Oh Mann, was für ein saustarkes Aroma. Sag mal du Gemüsebändiger …«

»Ich bin kein Gemüsebändiger«, unterbrach ich Tommy. »Ich führe allgemeine Gärtnerarbeiten durch wie zum Beispiel Mähen von Rasenflächen, Ausästen der Bäume, Hecken schneiden, Blumen setzen und Rabatte pflegen.«

»Aha. Drei Semester höhere Handlangerschule in der Baumschule gehabt, und trotzdem nichts gelernt oder warum hast du Erdbewegung einer Großbaustelle unter den Schuhen.«

Ich blickte zu meinen Schuhen und tatsächlich klebte eine Menge Mutterboden an der Sohle sowie an den Seiten. Es war ein feuchter mit Lehm vermischter Boden, der wie Kleistern an den Schuhen haftete. Ich hatte vergessen, sie mit dem Gartenschlauch abzuspülen, damit sie in einem einigermaßen sauberen Glanz erstrahlten.

»Du weißt doch, wo gehobelt wird, da fallen manchmal auch ganze Bäume.« Dabei streichelte ich ihn über den Kopf, worauf er anfing, sich so zu bewegen, dass meine Hand auch über seinen Rücken glitt.

»Ja das kann ich mir vorstellen, das magst du. Besonders hier zwischen Lendenwirbel und Kreuzbein, was?«

»Hoffentlich hast du dir auch die Hände gewaschen, nicht das der Dreck von deinen Händen auf meinem Buckel rutscht.«

Mit ganz verklärtem Blick hebt er dann sein Köpfchen und genießt diese sanftmütige Massage, die ihn in eine sinnenfreudige Reise trieb.

»Man nicht so doll, denke an meine Bandscheibe. Ah … ja, so ist gut …, saugeil …, mach weiter. . Mhmmm …, ooooh …, ughhh …, das ist abgefahren … Wow.«

»So nun ist Schluss«, bemerkte ich, nahm meine Schuhe und stellte sie in die Badewanne, um sie später abzuspülen. Tommy hingegen verweilte, wie jedes Mal wenn ich nach Hause komme, für einige Minuten noch im Hausflur, schaute sich dabei um, um festzustellen, ob es noch andere Räumlichkeiten gäbe, die man kolonisieren könnte.

Indessen stehe ich angelehnt an der Schließkante der Tür und beobachte, wie er die Fußmatten der Nachbarn beschnüffelt. Es sind Vorleger, die man liebevoll mit den Füßen streichelt und die sich vornehmlich gut als Versteck für Hausschlüssel eignen.

Eine hatte es ihm immer wieder ganz besonders angetan, eine robuste Kokosmatte, eine Schmutzschleuse, die sich außerordentlich gut als Tempel der Trägheit missbrauchen lässt.

Tretelnd ließ er seine messerscharfen Artefakte der jungfräulichen Beute rhythmisch verspüren, ließ seine Krallen immer wieder vorspringen und in der Matte versinken. Mit diesem Wohlfühleffekt steigerte er auch seine Schnurrgeräusche, die mittlerweile das Sägewerk einer Tischlerei übertönten und besonders im leeren Flur widerhallten. Dabei legte er sich nieder und bereitete sich für eine Augeninnenpflege vor. Von starker Müdigkeit überfallen, wurden seine Augen immer kleiner, bis sie dann endgültig zusammenfielen.

»Ey Tommy, hier ist dein Zuhause. Hast du zu viel an der Katzenminze geschnuppert oder warum kuschelst du mit einem Fußabtreter?«

Dabei öffnete er kurz seine Augen, ließ sie aber schnell desinteressiert wieder zufallen. Immer noch angelehnt stand ich an der Tür und wartete vergebens, dass mein Kater sich endlich bequemt, hereinzukommen.

»Hallo Fräulein«, machte ich mich nach ein paar Sekunden wieder bemerkbar, wobei Tommy wieder seine Augen auf halbmast öffnete und mich vorwurfsvoll ansah und meinte:

»Geh woanders stören.«

»Na gut, dann stell ich dein Fresserchen wieder weg.

»Ha, ha, ha, für solche Witze haben wir als Katzenkinder schon auf die Fresse gekriegt. Du bist ja noch gar nicht angefangen, meine Näpfe zu befüllen.«

»Okay«, erwiderte ich daraufhin, »dann fange ich jetzt an. Was hältst du denn von Pute mit Süßkartoffeln? Von Rind mit italienischen Schinken? Von Wild und Geflügel mit Vollkornnudeln? Oder Schaf und Geflügel mit Naturreis?«

»Ey du abgestandener Stockfisch. Ich liege hier, weil mir vor Hunger schlecht ist und du zitierst hier ein Mampf, der sich anhört wie eine Mischung aus Zement und Erbrochenem. In anderen Ländern wird so was bestraft.«

Eigentlich ist Fressen eine Sprache, die mein Kater versteht, die dafür sorgt, dass winzige kleine in der Mundschleimhaut verteilte Drüsen ihm das Wasser im Munde zusammenlaufen lassen. Und siehe da …, er erhob sich.

»Endlich was zu fressen, das wurde aber auch Zeit«, mauzte er. Dabei setzte er sich vor die Fußmatte, senkte sein Kopf, peitschte mit dem Schwanz und bemerkte: »Aus dem Weg, du Bowlingkugel, mach Platz, hier kommt einer mit massigem Kohldampf.«

Geschwind, wie der Superheld im blauen Overall mit S-förmigen Emblem auf der Brust, roter Unterhose und flatternden Umhang, schoss er in die Küche. Sofort schloss ich die Haustür, ging hinter ihm her und bemerkte:

»Aber vorher gehe ich kurz duschen, danach kümmere mich dann gleich um dein körperliches Wohnbefinden.«

»Ey, das kannst du nicht machen. Ich bin kurz vom …, man ich glaub ich muss …, ne geht auch nicht, ist ja nichts drin im Bauch, was raus könnte. Früher wartete das Essen stundenlang auf mich, heute muss ich stundenlang auf mein Essen warten.«

»Ach nun stell dich mal nicht so an. Verhungern tust du schon nicht, bei deiner Körperform.«

»Willst du etwas sagen, dass ich zu dick bin.«

»Nein niemals. Rubens wäre von deiner Figur begeistert gewesen. Aber du solltest trotzdem etwas für deine Form tun.«

»Was heißt hier, für meine Form tun? Rund ist eine Form.«

Wie ein Hund, der es gelernt hat bei Fuß zu gehen, nicht an der Leine zu ziehen und damit keine roten Striemen an den Händen von der sich in Fleisch einschneidenden Leine zu verursachen, hing Tommy mir an den Fersen. Immer wieder nach oben blickend beobachtete er mich, welchen Weg ich einschlug.

Im Schlafzimmer aus dem Schrank holte ich mir Klamotten heraus, legte sie im Badezimmer auf die Waschmaschine und ließ schon mal das Wasser laufen.

Tommy muss gleich eine für ihn wichtige Entscheidung treffen, denn auch sein Lebensweg ist mit Entscheidungen gepflastert. Es gibt große und kleine, leichte und schwere Entscheidungen, die nicht nur wir Menschen, sondern auch Tiere treffen müssen.

Während Menschen entscheiden, ob sie heiraten oder lieber als Single leben wollen, Kinder bekommen oder kinderlos bleiben, aufs Land ziehen oder in der Stadt leben, ein Haus bauen oder lieber zur Miete wohnen, hat so ein Kater wie Tommy es ein bisschen leichter.

Seine Entscheidung, den wohlverdienten, besinnlichen, mittäglichen Tiefschlaf zu unterbrechen nur um mich an der Tür zu begrüßen, ist bereits in eine selbstverständliche Handlung übergegangen. Auch andere mechanisch und unbewusste Ausführungen kann man bisweilen zu seinen Routinen zählen.

Doch hier steht eine hauptsächlich aus Wasserstoff-Sauerstoff bestehende Verbindung, eine durchsichtige, weitgehend farblose-, geruchs- und geschmacklose Flüssigkeit, die bei null Grad gefriert und bei hundert Grad siedet, einem Fresserchen gegenüber, dass aus hundert Prozent ausgewähltem Fleisch schonend zubereitet wurde, einen intensiven Geschmack und wahrlich einen königlichen Genuss hat und durch die Jelly-Einlage den Gaumen eines Gourmet-Katers schmeicheln lässt.

Erst die Arbeit und dann *das Vergnügen* oder lieber erst *die Arbeit* und dann das Vergnügen?

Würde er sich erst fürs Fressen entscheiden, kann es sein, dass zwischenzeitlich die Wanne durch die Wärme abtrocknet. Andersrum allerdings könnte ich den Eindruck gewinnen, er hätte keinen

Hunger und würde ihm die Portionen zukünftig rationieren.

Dehydrationsprophylaxe versus Anorexieprophylaxe.

So setzte ich meinem Körper erst mal einer ausgiebigen Berieselung mit warmem Wasser aus, während Tommy mit verträumtem, abwesendem Blick da stand, sein Körper langsam kompensierend nach unten sinken ließ und er sich in einen sanften Schlaf versetzte.

Nachdem ich die filigrane Form meines Körpers genügend gewässert hatte, drehte ich den Wasserhahn ab. Sofort wurde Tommy wieder wach, setzte sich aufrecht und beobachtete die Bewegung einer Silhouette, die sich abtrocknete. Dann wurde die Duschabtrennung zurück gefaltet. Im Badelaken eingehüllt kam sein Herrchen heraus und spülte die Wanne aus.

Nun musste Tommy sich beeilen, schon mal so viel Wasser aufzunehmen, bevor seine Fressnäpfe gefüllt auf ihn warten. Dabei sah ich ihn eine Weile zu, sah wie seine Zunge immer hektischer, hastiger, eiliger wurde, um all die Wassertropfen, die sich am Wannenrand festhielten aufzunehmen. Voller Neid und Missgunst flatterte seine Zunge hin und her, schleckte alles in sich hinein. Kein Tropfen sollte verschwendet werden, keine Perle von der wohligen Wärme des Badezimmers verdunsten.

Zwischenzeitlich war ich dabei die Fressnäpfe zu füllen, und als ich seine Futterstation wieder zu Boden stellte, hörte ich nur noch ein ächz, boing, feeoop, ein flutsch, klang, klick, ein whooom, ein zooom, und als er neben mir stand, ein Gemecker:

»Das wurde auch Zeit.«

»Lass es dir schmecken, Tommy.« Dabei streichelte ich ihn noch mal über den Kopf, den Rücken bis zum Stert.

»Große Güte«, maute er, »was ist denn das, das ist ja grauenhaft.«

»Hä, schmeckt es dir nicht?«

»Das kannst du an den Menschen verfüttern, bring mir lieber Giros mit Zaziki.«

»Aber …, letztens …, da warst du be …«

»Ha, ha, ha«, unterbrach er mich, »war nur ein halber Scherz …, nein, nein schmeckt schon prima.«

Wie ein Radlader mit abgesetzter Schaufel schob er seine Mahlzeit in sich hinein, wobei er der Völlerei lieber den Vorzug gab, als der Schlemmerei. Ein

Gourmand mit der Leidenschaft zum Gourmet.

Inzwischen war auch mein Wasser am Kochen, sodass ich mir schnell noch einen Kaffee zubereiten konnte und als ich mich auf den Weg aus der Küche machte, hörte ich nur noch eins:

»Saustarkes Fresserchen«, und dann: »Rülps, oh ich glaub der Tank ist voll.«

Kopfschüttelnd verließ ich die Küche, ging auf den Balkon und suchte dort in einer behaglich, lauschigen und bequemen Umgebung, Trost in meinem Kaffee.

## 5. Balkonien ist ein Urlaubsgebiet, das sich im Wohnbereich befindet

Ein zartes Grün überzieht die weiten Felder und ein Hauch von Frühsommer weht über meinen nach allen Seiten offenen Balkon. Büsche und Sträucher zeigen vorsichtig ihre frischen Blätter und Blumen fangen an, in ihrer ganzen Pracht zu blühen. Kiebitze sind schon zurück und haben Reviere gegründet, die ersten Hasen haben bereits Junge geworfen und auch etliche Singvögel sind schon in Brutstimmung gekommen.

Ich entferne die Schutzhülle von den Gartenmöbeln, die ich extra für mich und meinen Kater neu angeschafft hatte, da er bis dato fundamental die Dominanz besaß, grundsätzlich meinen Platz zu belagern.

Verhaltensforscher hatten festgestellt, dass es keine Sache gibt, über die wir uneingeschränkt herrschen können. Doch sie kannten Tommy nicht.

Bei den neuen Möbeln sollte es anders werden. Schon beim ersten Aufstellen hatte ich mit meinem Kater vereinbart, dass die linke Hälfte Herrchen gehört und er über die rechte Hälfte frei verfügen könnte. Sein Vorteil, er war nah an der Balkonbrüstung und konnte sogar beim Sitzen über den

Blumenkasten hinaus in den Garten schauen.

Es ist ein Doppelsessel mit integrierter doppelstöckiger Mittelkonsole zum Abstellen eines Buches, Laptops oder meines Kaffeebechers, sowie zwei dazugehörige unter dem Sitz verstaubare Hocker zum Füße hochlegen oder als zusätzliche Sitzfläche für Gäste.

Um aus dem Gartenstuhl ein Wohlfühlsessel zu machen und für ein weiches Sitzgefühl zu sorgen, sowie ein harmonisches Gesamtbild zu schaffen, drapierte ich die Sitzflächen und die Hocker mit besonders dicken schlichten Lounge Sitzkissen in Naturtönen.

Dieses Vorhaben bleibt natürlich für meinen Kater nicht unbemerkt und schon schoss er aus der äußersten Ecke hervor, rennt wie ein geölter Blitz durchs Wohnzimmer, benutzt die Schwelle der Balkontür als zusätzlichen Startsockel und hob mit fliegendem Galopp ab, um anschließend mit einem exzellenten Satz direkt auf den Hocker zu landen.

»Mi-a-u«, hörte man als zufriedenen Ausdruck von Tommy, was wohl umgangssprachlich soviel heißt, wie: »Yahoo, Yippie-Ay-Yaeh.«

Doch meistens ist er zu schnell.

Da die Bänder der Auflagen erst mit den Ösen der Hocker verbunden werden mussten, um ein Verrutschen zu verhindern, dieses aber noch nicht geschehen war, musste es passieren, dass der Hocker als Schanzentisch einer Flugschanze und die Auflage als Skiersatz dienten.

Mit gestreckten nach vorne liegendem Körper stieß er vom Hockerrand ab.

Solche Fähigkeit setzt eine körperliche Fitness, eine absolute Konzentration und ein langjähriges Training voraus, was eigentlich bei einem Kater wie Tommy nicht zur stetigen Effizienz gehörte.

Wie Sven Hannawald, Martin Schmitt, Thomas Morgenstern und Gregor Schlierenzauer schwebte er fast schwerelos durch die Luft und nahm dabei eine aerodynamisch günstige Flugphase sein.

Die Windgeschwindigkeit, der Auf- und Abwind ist günstig, kein Luftstrom, der ihn aus der Flugbahn werfen konnte und so konnte er die Landung mit leicht aufgerichtetem Körper unbeschwert einleiten. Sanft landete auf der flachen Ebene des Balkonbodens und nach einem kurzen Auslauf schließlich zwischen den Pflanzkübeln.

»Upps, war das ein Flug«, maute er sich in die Vibrissen und schaute zu mir auf. »Bin ich etwa Tod? Bist du der Engel der einsamen Katzen?«

»Hä, hä, hä ist alles Okay. Hast du dir was getan?«, fragte ich.

»Nicht wirklich. Zwar sah ich ein helles Licht in der Dunkelheit und meine Oma, aber ansonsten geht es mir gut, habe nur eine kleine Gehirnerschütterung oder ein Schädelbasisbruch.«

»Das sah so aus, als wenn du für das Weltcupspringen der Dachhasen übst.«

»Laber nicht«, maute Tommy »Schweine labern auch nicht.«

»Na dann komm her Tommy«, sprach ich zu ihm und klopfte dabei mit der flachen Hand auf seine Sesselseite. »Setzt dich zu mir. Hier kannst du dich von deinem direkten Stress mal so richtig ausruhen.«

»Na gut. Wer einatmet, muss auch ausatmen und wer einschläft, muss auch ausschlafen«, mauzte er, gähnte dabei zufrieden und nahm das Angebot an.

Als ich seinerzeit die Sitzgarnitur anschaffte und er das erste Mal von seiner Seite in den Garten schaute, da erstaunte es ihm:

»Hey was ist das alles da unten?«

»Das nennt sich Garten.«

»Schrebergarten, Irrgarten oder Biergarten?«

»Ein Ziergarten!«

»Ein Ziergarten, wo Hunde die gerade gepflanzten Sträucher wieder ausbuddeln und dem Hobbygärtner zurückbringen?«

»So was Ähnliches.«

»Und was ist das für eine riesige gelbe Schlange?«

»Das ist keine Schlange, das ist ein Gartenschlauch zum Begießen der Gartenfläche.«

»Du meinst die Fläche mit der grünen Erde?«

»Das ist keine grüne Erde, das ist der Rasen.«

»Rasen? Eine Grünfläche, die von Gras und Moos kontrolliert wird? Na ja …, da wachsen sogar Gänseblümchen drauf. Sind doch Gänseblümchen, oder?«

»Na Rosen sind es jedenfalls nicht.«

»Keine Rosen … wow. Stell dir mal vor, ich würde da unten auf dem Rasen pofen, so einfach stundenlang herumliegen und vor mich hin dösen. Oder kriegt der Rasen dadurch Dellen?«

Damals war es alles noch Neuland für ihn, dann wurde es zur Vertrautheit und heute, heute interessiert es ihn nicht mehr so, keine Katzenlady, der er von oben hinab schöne Augen machen könnte und auch keine Maus, die versucht, die Weltherrschaft an sich zu reißen. Nur das Gurren einer Taube, die sich auf dem Dachfirst unseres Hauses befand, störte ihn, sodass er sofort anfing, zu meckern und mit der Oberlippe bibberte.

»Hey halt den Schnabel, du Stadtratte oder willst du das ich ihn dir zuschraube?«

»Guu-ru-gu, guu-ru-gu«, antworte die Taube.

»Ich warne dich du Kackvieh, wenn ich erst mit dir fertig bin, dann kannst du dein Schnabel wie ein Strohhalm benutzen.«

Die Taube fühlte sich nicht besonders beeindruckt und blieb weiter auf dem First sitzen.

»Ich zähle jetzt bis drei. Ein …, zwei …, zweieinhalb …, zwei drei viertel …, zwei vier fünftel …, hau endlich ab …! Zwei fünf sechstel …, zwei sechs siebentel …«

Die Taube drehte sich um, hob den Schwanz und – platsch – fiel eine grün-bräunliche Masse auf eins der Dachziegel. Eine nonverbale Antwort auf die animalische Drohung.

»Ey eines sage ich dir. Wenn ich dich erwische, dass du deine Steuerfedern hier auf den Balkon anhebst, dann mache ich Giros mit Zaziki aus dir.«

Sichtlich gelangweilt von den versuchten Einschüchterungen, breitete die Taube ihre Flügel aus, stieß sich vom First ab und tauchte kopfüber im freien Fall in die Tiefe. Wie ein Bungee-Springer, der durch die Elastizität der Gummibänder wieder hochgeschnellt wird, federte auch die Taube mit einigen Flügelschlägen wieder auf und flog davon.

Zufrieden über die Macht, die er als selbst ernannter Duce gegenüber willensschwachen, gelähmten und unfähigen Tieren ausstrahlte, legte er sich nieder, schloss die Augen und fing an im Katzenhimmel herumzureisen um sich dabei an einer aufregenden Jagd nach Mäusen, Ratten und anderen Nagern zu erfreuen.

Auch ich machte es mir bequem, nachdem ich die Auflage festgebunden hatte, setzte mich in die Polster und ließ meine Füße auf dem Hocker ruhen. Entspannt saß ich da und nippte gelegentlich an meinen Kaffee.

Doch irgendwann ist auch der Becher leer, und auch wenn man noch solange hineinschaut, die Technik ist noch nicht soweit, dass er sich von alleine wieder füllt. Leider!

So stand ich vorsichtig auf und ging ich die Küche, was mit einem leicht geöffneten Auge meines Katers registriert wurde. Normalerweise ist der Gang in die Küche immer mit dem Ritual der unbezwungenen Nahrungsausnahme verbunden. Doch heute schien Tommy all seine Energie in die Verdauung gesteckt zu haben, die ihn Müde machte und zu einem ausgiebigen Nickerchen rief.

Man sagt zwar: Wie gut man schläft, hängt oft von den Essgewohnheiten ab, denn bestimmte Lebensmittel aktivieren den Organismus, kurbeln den Kreislauf an und stören so den Schlaf. Bei Tommy weicht die Regel von der Norm ab. Für ihn heißt es: Egal was es ist, es muss reichlich und viel sein, damit er reichlich und viel schlafen kann.

Es gibt leider oft Situationen, wo sich das Leben einfach breitmacht, wo es will. Als ich zurückkam, hatte Tommy meinen Hocker in Beschlag genommen. Quer über die ganze Fläche lag er da, den Kopf an einer Seite überhängend. Er lag da wie ein Tourist auf fauler Haut, hielt die eine Pfote in die Höhe, als wenn er ein Longdrink in der Hand hielt, natürlich mit Strohhalm, Cocktailschirmchen und einer lebendigen Maus, die als Ersatz einer Maraschino Kirsche auf den Eiswürfeln sitzt.

»Hey nein, nein, mein Kleiner, das ist mein Hocker«, protestierte ich. »Denk an unsere Absprache. Alles, was auf der linken Hälfte dieser Sitzgarnitur ist, ist meins einschließlich der Mittelkonsole. Der Rest steht zu deiner freien Verfügung. Also Sitzplatz und Hocker links, meins, rechts alles deins.«

»Sag mal, kriegst du eigentlich mit, was du so von dir gibst, oder hörst du dir nur gelegentlich mal zu«, beschwerte sich Tommy. »Ich bin hier der Chef, ich mach hier die Ansagen. Du kannst Schmetterlinge fangen an der Steilküste von Cornwall, Radfahren in den Red Rocks im Sedona-Nationalpark, am Bahndamm stehen und den Zügen zuwinken, mit Skorpionen und Klapperschlangen spielen, im Meer Haie streicheln ohne Käfig, die malerische Ruine des Kernkraftwerkes in Fukushima besichtigen oder Insektenspray als Inhalator benutzen.«

Klare Ansage eines tyrannischen Würstchens. Dabei blieb er weiterhin liegen, ignorierte schlichtweg meine Aufforderung. Er meinte, ich hätte keinerlei Rechte den Platz zu erzwingen, da unsere Absprache eigentlich sich nur auf die Sitzplätze des

Doppelsessels bezog, nicht auf die Hocker. Wo er recht hat, hat er nun mal recht.

Dass er den Hocker nun annektierte, hatte eine ganz bestimmte Logik. Er weiß, dass ich erstmal meinen Becher abstelle, mich hinsetze, die Beine auf den Hocker lege, in diesem Fall links und rechts am Kater vorbei, bevor ich mir das Tageblatt zu Gemüte führe, um mich auf den aktuellen Stand der Dinge aus der Nachbarschaft setzen zu lassen.

Anfangs hatte er keine Probleme damit gehabt, sich direkt auf die Zeitung zu legen oder sich einfach davor zu stellen.

Doch heute balanciert er, noch bevor ich zur Zeitung greife, meine Beine hinauf, um sich auf den geliebten Schoß seines Herrchens einzurollen und dort zu schlummern, ehe diese von der werbetreibenden Wirtschaft finanzierte Presse, die den Briefkasten ständig überfüllen, ihm den schönsten Platz auf Erden wegnimmt.

Als höriger, kaum sein eigenes Leben bestimmender Knecht eines dominierenden Katers, lasse ich ihn selbstverständlich schnurrend vor mir liegen und verleite mich dazu, das Zeitungslesen zunächst einzustellen, dafür aber sein Fell ausgiebig zu kraulen.

»Ahhh …, jaaa …«, stöhnte er dabei. »Behandeln mich wie ein Kilo leicht mit Wasser angefeuchtete Trockenhefe und knete, was das Zeug hält.«

Er drehte und wendete sich, damit ja auch alle Stellen gekrault werden, drückte seinen Rücken immer wieder gegen meine Fingerkuppen, damit die sich tiefer in das Fell bohren konnten und eine für ihn angenehme Massage erwirkten.

»Ja … komm da noch ein bisschen …, ja …, oh …, uff …, mhmmm.«

Nach einer Weile hat er dann die Schnauze voll, erhob sich und sprach mit äußerst verklärtem Blick:

»Oh Mann, dein Durchkneten schafft mich. Ich muss erstmal ein kleines Nickerchen machen.«

Dabei schaute er zur Mittelkonsole, überlegte, ob er die Abkürzung nehmen sollte, entschloss sich dann aber doch lieber den Boden als Sprungunterstützung zu benutzen, um auf seinem Stuhl zu landen. Dort fing er an, sich zu putzen.

»Oh Entschuldigung, wenn ich dich schmutzig gemacht habe«, bemerkte ich, als ich ihn beobachtete, wie er sich herausputzte, um ansehnlich zu erscheinen.

»Halt die Klappe. Du siehst doch, dass ich dabei bin, mich auf Hochglanz zu bringen. Wer weiß, wen man noch alles trifft.«

Eigentlich geht es beim Putzen nicht immer darum, Schmutz und lose Haare zu entfernen und das Fell in Ordnung zu halten. Vielmehr geht es nach dem Streicheln darum, den aufgenommenen Geruch mit der Zunge zu schmecken und zu verteilen, und zwar solange, bis er das Gefühl hat, es gleichmäßig verteilt zu haben, also mit seinem Geruch vermischt hat, wodurch dann ein Wir-gehören-zusammen-Duft entsteht.

Während er am Putzen ist, genieße ich das Wetter, den Duft der Blumen und den ruhigen entspannten Rhythmus der Gegend.

»Weißt du was, Tommy, nichts gefällt mir mehr als einfach so da zu sitzen und einen schönen Kaffee unter einem wolkenfreien Himmel mit strahlendem Sonnenschein zu trinken.«

Dabei holte ich tief Luft, versuchte die unverbrauchte Luft einzuatmen, die die Natur von sich gab. Doch das Einzige was mir in diese Nase stieg, war der Pfeifentabak meines Nachbarn, der stark an Mottenkugeln erinnerte.

»Mhmmm …«, stöhnte ich. »Dieses entspannen, das erinnert mich immer an die schönen Tage mit Frauchen.«

»Kaum strahlt mal die Sonne«, bemerkte Tommy, »lebt der Mann mit der Faulheit in Symbiose und wird sentimental.«

»Ja ich weiß, du brauchst gar nichts zu sagen. Dir steht jedes Mal das Deckhaar förmlich zu Berge, wenn ich ein wenig in Erinnerungen schwelge.«

So nahm ich die Zeitung, blätterte sie auf und fing an, jeden Artikel genauestens zu studieren.

## 6. Filtriertes, nach Moder riechendes Wasser, schmeckt einfach besser

Als die Sonne sich langsam hinter den nächsten Häusern verkroch, wurde es Zeit, die Gießkanne in die Hand zu nehmen. Teilweise sahen einige Balkonpflanzen schon geschwächt und Müde aus und schrien förmlich nach Wasser. Das richtige Gießen der Pflanzen ist die Grundvoraussetzung für farbenfrohe Balkonpflanzen und so entschloss ich mich, sie mal so richtig zu bewässern.

Tommy derweil lag in Rückenlage auf seinen Platz und beobachtete kopfüber meinen Gesichtsausdruck. Er kennt den nonverbalen Inhalt meiner Mimik genau, weiß sogar, was sich derzeitig in meinem Gehirn abspielt.

Kaum erhob ich mich, was für Tommy eine aussagekräftige Bewegung war, die sich hinter einer bestimmten Körperhaltung versteckt, sprang auch er von seinem Platz, setzte sich mitten in den Pulk von Blumentöpfen und beschnupperte sie, die liebevollen Pflanzen, über denen bereits dichterische Werke existieren. Eine Pflanze hat es ihm besonders angetan, die Dipladenia mit außergewöhnlichen aufregenden, leuchtend feurigen, samtigen roten Blüten und glänzenden ovalen

Blättern. Eine Pflanze, die er immer wieder gerne abschleckt, besonders dann, wenn sie von oben begossen wird.

Tommy weißt, das Wasser nun mal für alle Pflanzen eine Lebensgrundlage ist, obwohl sie – genau wie der Mensch – zum größten Teil aus Wasser bestehen und dass ich eigentlich nie vergessen würde, sie zu bewässern.

Pflanzen nehmen Wasser sowohl über die Wurzeln als auch über die Blätter auf. Deshalb mögen es fast alle Pflanzen gern, wenn sie nicht nur gegossen werden, sondern zusätzlich ab und zu einmal auch unter eine Brause stehen dürfen.

Tommy befürwortet diese Art der Bewässerung, findet es höchst erfreulich, wenn dann das Wasser von Blatt zu Blatt hinab fließt, um sich am Wurzelballen zu sammeln.

Mit ausgestrecktem Hals, offenem Mund und leicht heraushängender Zunge steht er davor und lässt diese Art des Wasserfalls wie ein Fließgewässer in seinen Mund laufen. Für ihn ist es wie eine Flatrateparty, eine Trendsportart, einfach zu bechern, was das Zeug hält. Dabei murrte er genießerisch:

»Oh Mann, das schmeckt lecker. Das ist mit Abstand der beste Drink, den ich je getrunken habe …, mmmh …, rülps.«

Ein irrsinniger Kater, hochintelligent, genial, superschlau, intellektuell, scharfsinnig, einfach helle.

Er war der Meinung, dass das in den Blumentöpfen einsickernde, gefilterte, überschüssige Gießwasser, was sich dann im Untersetzer sammelte und nach Regen auf getrockneter Erde riecht, nämlich muffig und modrig, dumpf und ranzig, pestilenzialisch und feucht, noch besser schmecken würde, als leicht alkalisch sauberes Leitungswasser.

Nun Wodka wird auch durch eine mehrfache Filterung gereinigt, um die enthaltenen Aromastoffe und nicht erwünschte Geschmacksstoffe abzufiltern. Ein Prozess, der sich von vielen anderen Spirituosen unterscheidet und deshalb auch von den Verbrauchern in höchsten Tönen gelobt wird.

Um an das überschüssige Wasser zu gelangen, quält Tommy seine Schnauze zwischen dem Rand des Untersetzers und dem konisch zulaufenden Blumentopf so hinein, dass er seine Zunge wie ein mit Wasserkraft angetriebenes Mühlrad benutzen konnte.

Selbst wenn ich die Pflanzen komplett in ein größeres Gefäß mit Wasser stelle, damit sie sich mal so richtig besaufen können und warte, bis keine Luftbläschen mehr aufsteigen, bevor ich sie dann an ihren ursprünglichen Ort zurückstelle, ist Tommy sofort dabei, seinen Kopf in das Wassergefäß zu halten und das mit Blumenerde filtrierte Wasser zu trinken.

»Hallöchen, ihr Kostbarkeiten der Erde, jetzt komme ich und werde euch vernaschen«, maute er. »Mmmmh … was für ein wundervoller Duft, was für ein vorzüglicher Geschmack, als wenn dir ein Katzenengel auf die Seele pinkelt.«

»Tommy«, sprach ich betonend zu ihm, »das ist Dreckwasser.«

»Hast du Dreckwasser gesagt?«, fragte er und sah mich entsetzt an. »Das Getränk ist kein Dreckwasser, das ist eine Perfektion, die einzige vollkommene Errungenschaft des Menschen. Das ist ein wahrer Traum, ein trank der Götter, eine Erquickung, eine Augenweide und kein ordinäres Dreckwasser.«

»Woher weißt du, dass das, was du machst, richtig und nicht schädlich ist?«

»Nenn es katerliche Intuition.«

Katerliche Intuition, dachte ich mir, nun geht's los. Ich musste mit dem nächsten

Blumentopf in der Hand so lange warten, bis Tommy endlich so viel getrunken hatte, wie er mit aller Gewalt in sich hineinzwängen konnte.

»Mann, mein Hals war schon so trocken«, betonte er, »dass selbst beim Versuch Brekkies zu zerkauen, diese einfach in Mund zerbröseln würden.«

Eigentlich trinkt er nicht viel, er lässt sich nur s-e-e-e-ehr viel Zeit dabei, was wiederum den Anschein erweckt, er würde viel trinken.

Manchmal habe ich auch das Gefühl, das er es voller Neid und Missgunst tut, dass er keinen Tropfen verschwenden will, kein Spritzer den Pflanzen gönnt. Für ihn gilt das Recht des Stärkeren, das Faustrecht, sich nicht zu benachteiligen, sich lieber selbst zu bevorzugen. Schließlich ist er der Chef hier im Hause.

Doch können Katzen eifersüchtig sein? Gut ich kann mir vorstellen, dass wenn ein Baby die Familiensituation verändert oder ein neuer Partner in die Wohnung einzieht und die Katze dadurch nicht mehr so ganz im Mittelpunkt steht, dass dann dicke Luft herrscht, aber bei Pflanzen?

Nun einige Katzen reagieren schon bei starken Veränderungen ihrer Umgebung mit krankhaften Symptomen, denen dann

Beruhigungsmittel und Antidepressiva injiziert oder mit Bachblüten und anderen homöopathischen Mitteln behandelt werden müssen.

Tja, Hunde haben ein Herrchen, Katzen hingegen Personal.

Nachdem Tommy nun endlich sein Gesicht aus dem Wassertrog genommen hatte, konnte ich die nächste Pflanze eintauchen, doch die Schüssel war fast leer. Nur die Reste der Erde, die sich beim Gießen aus dem Topf gespült hatten, lagen auf dem Boden.

Als Gourmet lässt er eben frisch serviertes Wasser unangerührt stehen, wenn er sich dafür an filtriertes Wasser laben kann, das am liebsten vorher durch mehrere Boden-, Kies-, Sand- und Kohleschichten zu einem sauberen Grundwasser raffiniert wurde. Alternativ kann es auch ein Schluck aus dem Aquarium oder aus der Toilette sein oder aus einem tropfenden Wasserhahn.

Achtsam beobachtete er mich, wie ich mich um die Pflanzen kümmere, wie ich Wasser nachgieße und damit den Ballen befeuchte, wie sie sich teilweise vollsaugten und dabei blubberten.

»Sag mal«, miaute Tommy, »erhältst du eine besondere Auszeichnung, wenn du ein

Unkraut nicht zum Verwelken bringst? Vielleicht den braunen Daumen?«

»Erstens ist es kein Unkraut, sondern eine Pflanze und zweitens ist der Daumen nicht braun, sondern grün.«

»Das ist doch der Schnabel.«

»Quatsch ein Grünschnabel ist einer mit noch Eierpelle auf dem Kopf, ein Neuling, ein unerfahrener und mit dem grünen Daumen bezeichnet man Menschen, die geschickt mit Pflanzen umgehen können.«

»Eierpelle auf dem Kopf? Meinst du etwa Camilero?«

»Nein, das war eine spanische Zeichentrickfigur und die hatte eine Eierschale auf dem Kopf.«

»Aha …, und wie erkennt man, ob man einen grünen Daumen hat? Muss man ihn in den Topf stecken und warten, bis er grün wird?«

»Aber Trisomie21 hast du nicht, oder? Was soll ich nur mit dir machen?«

»Liebe mich wie eine Mutter und gebe mir täglich Futter.«

Manchmal gibt es Momente, da muss man die Richtung der Konversation ändern oder einfach weghören, geistig Notabschalten. Das sind denn so die Nachteile, wenn man in einer Gemeinschaft die Mundart seines Mitbewohners versteht, wenn man das Gefühl hat, in einem menschlichen Umfeld zu stehen.

Nachdem ich alle Pflanzen bewässert hatte, meldete sich auch mein mit dichtem Fell besetztes kleines Michelin-Männchen wieder und erinnerte mich daran, dass es Abendbrotzeit wäre und das meine Aufgabe darin bestünde, dafür zu sorgen, dass seine Fressnäpfe nachgefüllt werden.

## 7. Climbing wie in den Adventure Mountain

Wie eine Ballerina, in der Choreografie des sterbenden Schwans, tänzelte er wieder mal vor meinen Füßen, als ich dabei war, seine Fressnäpfe zu reinigen. Es schien ihm alles nicht schnell genug zu gehen. Miauen beschwerte er sich:

»Kannst du dich mal ein bisschen beeilen? Merkst du denn nicht, wie mein Bauch schreit und ich nicht mehr die Kraft habe zurückzuschreien?«

»Tommy, Gras wächst auch nicht schneller, wenn man daran zieht.«

»Sehe ich etwa aus wie ein großes, fettes, furchterregendes Tier, das nach Dung stinkt und grundsätzlich weiblich ist? Wenn ich eine Kuh wäre, würde ich Milch geben.«

Nachdem ich sein Napf gereinigt hatte, es abtrocknete und zum Füllen bereitstellte, nahm ich einen Portionsbeutel zur Hand und studierte den Inhalt. Neue Rezeptur mit verbessertem Geschmackserlebnis lese ich. Ich denke darüber nach und frage mich, wer das wohl getestet haben soll.

Tommy hat sich Währendes hingesetzt und beobachtet das Geschehen in dieser doch so schwindelnden Höhe. Wie ein Free-Solo-Climber ... äh –Kater, der an einer strukturierenden, überhängenden Wand steht und seine Route so gut kennt, dass er jeden Griff, jeden Tritt vor seinem inneren Auge durchsteigen kann, fiel sein Blick hinauf zu einer Hundert von Millimetern hohen Steilwand.

Sie war plattig, glatt und bot wenig Möglichkeiten zum Greifen. Immer wieder sah er hinauf, vorbei an den mit kratzfesten Melaminbeschichteten Unterschrank mit Tür und Schublade und weiter zur kurz überstehenden Arbeitsplatte.

Athletisch, präzise und leistungsfähig will er versuchen, diesen nach der Schwierigkeitsskala zehn, übersetzt: sauschwer, eingestuftes Hindernis zu bezwingen. Glasscherben sind im Gegensatz zu Touren dieses Schwierigkeitsgrades nur unebene Hügellandschaften. Dabei entstehen beeindruckende Bewegungsabfolgen, mit andauernden, anspruchsvollen Zügen.

Mental und fit sitzt er davor und schaut hinauf. Doch als ich den Portionsbeutel an den dafür vorgesehenen Einkerbungen aufriss, sah ich plötzlich im Augenwinkel eine Pfote, die nach dem Griff der Unterschranktür tastete.

Ungesichert, ohne Seile, Haken und Karabiner, ohne Akkubohrer, Spitzhacke und Ringschrauben begann Tommy den waghalsigen Aufstieg. Er griff weiter mit der Pfote zur Arbeitsplatte um sich einen Halt für seinen weiteren Weg zu sichern, hing plötzlich völlig frei und relativ unökonomisch in der Luft. Hätte man im Mittelalter schon diese Art des Kletterns beherrscht, wäre keine Burg vor einem sicher gewesen und Rapunzel hätte nicht ihr langes Haar vom Dachfenster herunterlassen brauchen, um mit Nahrung versorgt zu werden.

Dann ging das Climbing in den Adventure Mountains weiter. Sehr dynamisch streifte er seine andere Pfote in die Höhe, versuchte sie an dem Portionsbeutel zu platzieren, doch wie auf Knopfdruck wurde ein zuverlässig vorhersehbarer Reflex meinerseits ausgelöst, der dafür sorgte, dass der Portionsbeutel abrupt zurückgezogen wurde.

Langsam wurde er ungeduldig, versuchte sein eigenes Limit zu finden und es immer weiter zu erhöhen, sich den Ängsten zu stellen und sie zu überwinden, neue Ziele zu finden und letztendlich auch zu erreichen. Dabei stieß er bereits an seine Grenzen.

Der Pulsschlag wurde schneller, der Blutdruck stieg, die Angespanntheit verstärkte sich und Tommy entschwand in einem Begeisterungstaumel. Immer wieder versuchte er seine Pfote an dem Portionsbeutel zu platzieren, um die andere

Pfote für ein weiteres greifbares Hindernis zu nutzen.

»Hey Kumpel, bist du unter den Bergsteigern gegangen?«, fragte ich ihn, worauf er antwortete:

»Las das Gesülze, oder willst du mir ein Gespräch ans Ohr heften?«

»War nur eine Frage.«

»Erzähl lieber, was da in der Tüte ist.«

Dabei zeigte ich ihm den Portionsbeutel, ließ ihn sich das Bild auf der Vorderseite mit dem Garniervorschlag des Herstellers ansehen.

»Mann, um so eine Tüte aufzumachen, brauchst du eine Ewigkeit. Du hast in der letzten Zeit echt was verloren …, nämlich an Geschwindigkeit.«

Der Kampf mit dem Aufstieg, mit der enormen Anstrengung, dem Erfolg, Triumph und Sieg, dem Erzwingen der höchsten Ebene der Küche, war auf einmal wie eine Luftblase zerplatzt, als ich ihm die geöffnete Tüte entgegen hielt.

»Schief, schnief, mhmmm …, las mich eine Lunge voll nehmen. mhmmm …, das riecht wundervoll. So nun mach zu, mich quälen schon die Magenwände.«

Kurz noch einmal mit bewegender Nase das Aroma einfangen, das an das Gehirn weitergeleitet wird und dort Erinnerungen und Gefühle auslöst, die ihn an frühere Zeiten als Mülltonnentaucher erinnerten. Danach ließ er sich wieder zu Boden fallen.

Es mag Katzen geben, denen man die Dosierung ihrer Futterration selbst überlassen kann, ohne dass sie aus dem Ruder laufen. Tommy gehört da nicht zu. Wenn ihm das schmeckt, und das tut es am meistens, dann sorgt er dafür, dass sein Fressnapf Sekunden später nach Diamantglanz ohne Abtrocknen strahlt.

Da ihm aber einfach die Vernunft hinter der Gier fehlt, liegt die Verantwortung für die Nahrungsmenge allein bei mir und so bekam er nur die Hälfte eines Portionsbeutels.

»So mein kleiner hier dein Fresserchen«, erwähnte ich und stellte ihm den Fressnapf in die Futterstation. »Guten Appetit, las es dir schmecken«, wobei ich ihn noch über den Kopf streichelte.

Tommy schaute ganz bestürzt auf sein Nassfutter. Seine Pupillen weiteten sich um ein Vielfaches, wurden groß und rund. Ein Zustand der Erregung, eine Ergriffenheit, ein Verdruss. Dann fing er an zu meckern:

»Sag mal, hackt es bei dir? Ich erzähl lang und breit, dass ich gleich vor Hunger sterbe und du willst mich mit einer Portion für ein Katzenbaby abspeisen? Du würdest wohl auch noch einen Wal mit einem Tic-Tac füttern, oder was?«

Daraufhin saugte er die Mahlzeit in sich hinein, als wenn es die Letzte wäre. Anfangs hatte ich mir Gedanken gemacht, ob er auch satt werden würde, denn schließlich ist es meine Aufgabe, dass er genügend zu fressen bekommt und ein wohlbehaltenes Leben führt. Doch dann habe ich mich eines besser belehren lassen und so bekommt er, statt zweimal am Tag eine normale Portion, lieber mehrmals eine kleinere.

Ich setzte mich danach ins Wohnzimmer, nahm mein Laptop und checkte meine E-Mails, die elektronischen Briefe. Nicht zu verwechseln mit dem Material, mit dem Töpfe, Pfannen und Schilder überzogen werden, das wäre Email oder auch Emaille.

Dabei machte ich es mir im Sessel bequem. Es ist ein Sitzmöbel mit einer großzügigen, gemütlichen Sitzfläche und groß geschwungenen Armlehnen, die so beträchtlich sind, dass sie sich wunderbar als Schlafplatz für meinen Kater eigneten.

Nachdem er gespeist hatte, stellte er sich mitten ins Wohnzimmer und fing an, sich ausgiebig zu putzen. Ganz besonders bemühte er sich, seinen Brustkorb zu reinigen, als wenn ihm die Sahnetorte vom Teller gefallen wäre und er sich daraufhin gründlich eingesaut hatte.

Selbst seine Pfoten und geradezu jede Kralle einzeln wurde mit der Zunge abgeschleckt und geputzt. Man könnte denken, dass er sie als Gabel benutzte, dass er sein Fresserchen via Kralle zu sich genommen hatte.

Dann sah er mich, wie ich da saß, im Sessel, in seinem Sessel, in einem seiner unzähligen Schlafplätze, in dem er ausgerechnet heute, jetzt, zur Stunde ein ausgiebiges Nickerchen halten wollte, obwohl er sonst zu dieser Tageszeit eigentlich mit den Federbetten im Schlafzimmer ein Stelldichein hat.

Da saß nun sein Herrchen, Füße hochgelegt auf einen Hocker mit dem Laptop auf dem Schoß, vertieft in der Arbeit und missbraucht dabei systematisch die Tastatur.

»Hey Flaschenbürste«, murmelte er in einen gemächlichen Ton. »Ich will dich mal mit einer Regel vertraut machen. Dieser Vierbeiner hier ist meine Chaiselounge, mein Vamos a la heia, mein Tempel der Trägheit und damit mein wichtigstes Plätzchen im Kampf ums Überleben.«

Doch ich war so in meine Arbeit vertieft, dass ich das verhältnismäßig sehr leise Miauen zuerst gar nicht wahrnahm.

»Hallo-o-o, runter mit dir«, maute Tommy etwas lauter, worauf ich ihn ansah und er daraufhin seine Äußerung dementierte:

»War nur ein Scherz, bleib ruhig sitzen ich komme rauf.«

Und so marschierte er hinter den Sessel, sprang vor dort auf die Armlehne balancierte über die Rücklehne auf die andere Seite und schaute zu, wie ich abwechselnd mit dem linken und rechten Mittelfinger auf den Tasten herumhämmerte. Hin und wieder nahm ich auch den Daumen zur Hilfe, um ein Leerzeichen zwischen den Wörtern einzufügen.

Tommy weiß, das, wenn ich mit dem Laptop beschäftigt bin, er nicht zu stören hat. Anfangs hatte er keine Probleme damit gehabt, sich direkt auf dem Laptop zu legen, die Tastatur wie das Nagelbrett eines Fakirs zu benutzen und so dem Bildschirm zu einer schönen aufregend blauen Anzeige zu verhelfen, die lustige Hexadezimalzahlen und Fehlercodes präsentierte.

Doch über diese eigenwillige Dominanz konnten wir uns schnell verständigen. Aber Tommy wäre nicht Tommy, wenn er es nicht auf einer anderen Weise versuchen würde, seine Grenzen auszutesten, sie womöglich zu sprengen.

So stellte er sich mit seinen Vorderpfoten auf den noch freien Spalt der Sitzfläche, blieb dabei mit dem Hinterteil auf der Lehne sitzen und versuchte nun mit seinem Kopf immer wieder an meiner Hand entlangzustreichen.

Ein Eingriff, der dafür sorgte, dass man immer wieder die falsche Taste berührte, dass immer was anderes auf dem Bildschirm erschien, als man wollte und dass selbst Korrekturen immer wieder korrigiert werden mussten.

»Eigentlich wollte ich hier noch ein paar Dinge geschafft haben«, sprach ich zu ihm, worauf er miauend antwortete:

»Soll das etwa heißen, dass du dich häuslich in meinem Bett einrichten willst?«

»Äh …, hm …?«

»Naja …, dann will ich mal nicht so sein, nicht dass du den ganzen Tag wieder herum knöterst. Ich bin zwar nicht nachtragend, allerdings vergesse ich auch nichts.«

»Weißt du Tommy, manchmal möchte ich nur jemanden haben, der mich umarmt und mir sagt: Ich weiß, es ist hart, aber es wird alles wieder gut. Hier hast du eine Tafel

Schokolade und fünf Millionen Euro. Danke Tommy, ich kann allem widerstehen, nur der Versuchung nicht.«

»Ja? Dann denke auch dran: Wer im Glashaus sitzt, sollte nicht versuchen, Bilder an die Wand zu nageln. So und nun störe nicht, ich muss mich erst mal ein wenig erholen. Mhmm … im nächsten Leben werde ich Kaffeemaschine, da wird man geliebt, bekommt den ganzen Tag Aufmerksamkeiten und wird ständig gedrückt.«

Dabei versuchte er sich in den Spalt zwischen Lehne und meiner Oberschenkelseite einzuquetschen, worauf ich entgegenkommenderweise ein wenig zu Seite rückte, um ihn mehr Liegefläche zu bieten. Doch reicht man ihm den kleinen Finger, nimmt er meisten den ganzen Arm.

Er drehte und wendete sich, so als wäre er sich noch nicht ganz schlüssig, in welcher Lage er sich platzieren sollte. Dann endlich, behutsam wie eine flugunfähige Laufvogeldame mit langem nacktem Hals, kräftigem Rumpf und hohen Beinen, die sich wedelnd auf ihre brütenden Eier legt, hatte er endlich sein Platz gefunden.

»Na hast du endlich dein Schlafplatz gefunden?«, fragte ich ihn, worauf er nur kurz unverständlich erwiderte:

»Du machst dich aber auch breit in meinem Bett, wie ein Parkhaus.«

»Das ist ja auch kein Zweisitziger. Wenn man dich da so liegen sieht, könnte man denken da liegt eine Pythonschlange, die ein Kalb verschlungen hat.«

»Sag mal stehen dir die Zähne zu eng, oder was?«

»War nur Spaß, mein Kleiner, bleib ruhig liegen.«

Doch es war nicht von langer Dauer. Nachdem er seinen Kopf immer wieder auf die Tastatur des Laptops gelegt hatte, ständig die Taste mit dem abgeknickten Pfeil berührte, die Zeilenumschalttaste, ich daraufhin seinen Kopf jedes Mal zur Seite schieben musste, stand er auf und legte sich doch lieber auf die ungestörte Fläche der Armlehne.

»Na heute nicht so ankuschelig?«, bemerkte ich.

»Mrrrhhhhh«, antwortete er. »Halt doch den Sabbel.«

»Tja, nur in der Enge gib's Gedränge.«

Ich schrieb weiter, suchte einen Buchstaben nach den anderen zusammen, die wiederum ein Wort nach dem anderen ergaben. Tommy saß immer noch auf der Lehne und belauerte mich. Nach geraumer

Zeit aber ließ er seine Vorderpfoten auf die Sitzfläche hinab rutschen, während er mit dem Hinterteil sukzessive nachrückte.

Dabei fixierte er meinen Laptop, bezeichnete ihn als blöde dumme Scheißdreckmaschine, die einfach ungefragt seinen Schoßplatz belagerte.

Vorsichtig und äußerst stillschweigend legte er eine Pfote auf meinen Oberschenkel, schaute starr nach vorne, beobachtete mich jedoch aus dem Augenwinkel, in der Hoffnung, ich würde sein Vorhaben nicht bemerken.

Es ist, als wenn man in geduckter Haltung durch das Unterholz eines Waldes schleicht und es sich nicht vermeiden lässt, immer wieder auf einen getrockneten Zweig zu treten. Ein knackender Ton unter den Füßen entsteht und man zieht seufzend die Luft durch die Zähne, so als wenn man damit die Geräusche unterdrücken wollte.

Wie ein Meeressäugetier bewegte er sich, stützte sich mit den Hinterpfoten ab und robbte dabei nach vorne, bis er den Laptop so weit Richtung Knie verdrängt hatte, dass er sich dazwischen hineinzwängen konnte. Ich schaute zu Tommy herunter, der mit apathisch gesenktem Blick dalag und sich nicht zu bewegen vermag.

Sekunden vergingen, Sekunden der Überlegung, was nun als Nächstes passieren wird. Eine Zeit, wo ich meinen Blick starr auf seinem Rücken spüren ließ, während er mich weiterhin aus dem Augenwinkel beobachtete.

Dann, wie aus einem Dornröschen Schlaf erwacht, schmiss er plötzlich seinen Hinterkopf gegen meinen Bauch und schaute über Kopf zu mir hinauf. Des Öfteren schon schaute er mich so an, dass ich manchmal glaubte, dass seine Augen mit einem Umkehrprisma ausgestattet sind, die das konträre Bild seitenrichtig wieder herstellt.

Mein Kleiner neunjähriger dominierender Kater wird nie ganz erwachsen. Er erbettelt sich seine Zuneigung, indem er sich an mich schmiegt und mich lange anstarrt. Dann die Befindlichkeit, die er mit dem Schnurren ausdrückt, was man nicht nur als Schnurren, sondern schon als Schnorren bezeichnen kann, wie in diesem Fall, wo er gekrault werden wollte.

Ich klappte also mein Laptop zu, legte ihn zur Seite und fing an, ihn mit den Fingerkuppen am Kinn, Hals und Brustkorb zu kraulen. Er bot es mir nahezu an, seine weiche Unterseite zu streicheln und schloss genüsslich dabei seine Augen. Dabei fing er laut an zu schnurren, so laut, wie ein hochgedrehter Motor, dessen Ventile schon schwindelig wurden.

»Sag mal bist du eine Katze oder ein Sägewerk«, erwähnte ich.

»Ey solche Bemerkungen können kann ganz schnell ins Katzenauge gehen.«

»Gefällt dir das denn wenigstens?«

»Naja …, also …, ich würde sagen …, tja …, hm …, geht so.«

»Geht so?«

»Oh Mann, ewig diese Fragerei. Wenn du jetzt tätest, was du mich könntest, kämest du nicht zum Sitzen, also mache lieber weiter.«

Tja manchmal ist er schon sehr verwunderlich. Einerseits ein Raudi, doch anderseits wieder ein frommes Lamm.

Hat der genug vom Kraulen, springt er wieder herunter und fängt an sich zu putzen, wobei er dann wieder die mit meiner Hand empfangenen Duftsignale auf seinem Fell verteilt und sie gleichzeitig mit der Zunge schmeckt.

## 8. Über Gewicht redet man nicht, Gewicht bekommt man

Tommy saß mitten im Zimmer und war unter anderem damit beschäftigt, seine Krallen einer ausgiebigen Maniküre zu unterziehen. Da diese Beauty-Baustelle einige Zeit in Anspruch nimmt, er sich anschließend noch einem Bauchpeeling und einer Fußreflexzonenmassage unterzieht, nahm ich mir vor, den Laptop beiseite zulassen und mich wieder der Tageszeitung zu widmen, die ich bisher noch nicht zu Ende lesen könnte.

Dazu machte ich es mir auf der Couch bequem. Es ist ein Ecksofa, welches zu einer Seite ebenfalls über eine groß geschwungene Armlehne verfügt, die sich wunderbar als Kopfkissen beim Fernsehen eignet, während auf der anderen Seite diverse mit weichem Füllmaterial gefüllte Dekokissen sich befinden, die ebenfalls den Sinn und Zweck haben, dem Kopf ein wunderbares Gefühl der Entspannung zu geben. So kann ich wechselseitig bequem auf der Couch liegen und mich der Gemütlichkeit widmen.

Die Tageszeitung komplett auf dem Tische ausgebreitet, studierte ich die einzelnen Reportagen und beobachte dabei, wie Tommy an seinen Krallen herumkaut.

Als Kind hatte ich auch Nägel gekaut. Experten bezeichnen so was als eine spannungsabbauende Verhaltensmaßnahme. Hilflosigkeit in bestimmten Situationen oder auch Stress, sowie Angst können Auslöser dafür sein, dass man unbewusst den Finger zum Munde führt. Dabei handelt es sich meistens um eine vorübergehende Episode.

Tommy hingegen hält nicht viel von einem Baum, an dem er seine ausgedienten Krallenhüllen abstreifen kann, damit neue messerscharfe Instrumente zum Vorschein kommen, nein er liebt eher seine alte Sisal-Matte, die manchmal als hilfreiches Opfer hinhalten muss, wenn sie nicht gerade zum Relaxen entweiht wird.

Seine Krallenpflege ähnelt mehr, dem sich häuten einer Schlange als dem Schärfen von Küchenmessern, wie vielfach angenommen wird.

Dabei schmiss er sich auf den Rücken, die Hinterbeine weit von sich gestreckt und fing an, die Krallen einzeln auszustrecken, sie mit den Zähnen zu bearbeiten, mit der Zunge wie eine Feile zu glätten und sie dann nach einem kritischen Blick wieder einzuziehen.

Katzen können das gut. Beim Laufen haben sie ihre Krallen eingefahren, befinden sich dann in einer Hautfalte um sie vor Abnutzung zu schützen und die Bewegung nicht zu behindern. Sie werden von elastischen Bändern gehalten und durch Beugen der Zehenglieder ausgefahren. Ähnlich dem Mechanismus einer Raupen- oder Baumschere mit Seilzug, wo mithilfe eines Seils die Klingen der Schere zusammengezogen werden.

Plötzlich und unerwartet hörte er auf, vergaß einfach seine Maniküre fortzusetzen, lag auf dem Rücken, hielt seine Pfoten in die Höhe und hatte einen nachdenklichen Blick. Seine Augen fingen an sich langsam zu schließen und der Ausdruck einer völligen Entspannung entstand. Dann verformten sie sich zu schlitzen, als wenn er sie vor unangenehmen Auswirkungen des Sonnenlichtes schützen wollte. Schließlich unendlich fielen sie ganz zu, wobei seine Vorderpfoten in der Luft nach innen einknickten.

»Mhhmmmmm«, seufzte er dabei. Ein entspanntes Geräusch, das er mehr oder weniger seinem Herrchen abgeschaut hatte.

Wenn ich manchmal auf der Couch liege, mich entspanne und wohlfühle, dabei tief durchatme, meinen Bauch mit Luft fülle und diese gestaute Luft dann langsam wieder ausatme, dann passiert es hin und wieder, dass ich dabei lässige Töne von mir gebe, zwanglose, unbefangene, lockere Geräusche.

Anfangs hatte Tommy nur verblüfft geschaut, sich gewundert, was der Alte für ein Spektakel von sich gibt. Heute wundere ich mich über die Laute, die er von sich gibt, wenn er in seinem Bettchen, Sofa, Sessel, Matte, Deckchen, Kissen, Lehne liegt und außer dem Seufzen auch noch grunzende Laute von sich gibt, wie das große, fette, rosa Tier, dass anstatt mit einer Nase mit einer Steckdose geboren wurde. Ich glaube, wenn ich ein Fisch wäre, würde Tommy sogar anfangen zu blubbern.

Um zu wissen, wo Tommy sich derweil aufhält, braucht man sich nur leise zu verhalten und schon dröhnt von irgendwoher sein unverkennbares Grrr-Mhmmmmm …, Grrr-Mhmmmmm. Dabei kann es sein, dass er im Bad auf dem Badezimmerteppich schläft oder in der Wanne, im Schlafzimmer im Bett oder im Schrank auf meinen schwarzen Lieblingspullover. Kann auch sein, dass er stehenden Fußes umgekippt ist, mitten im Weg einschlief und somit zu einer Stolperfalle wird, die zu einer gekonnten Falltechnik avanciert.

Leise blättere ich eine Seite der Zeitung nach der anderen um, versuche so wenig wie möglich mit dem Druckstück zu rascheln. Doch dann wurde er doch wach, rollte sich blitzschnell herum, saß nun da und überlegte.

»Na was lässt du dir grade durch den Kopf gehen?«, fragte ich.

»Mann erschrecke mich doch nicht so. So sehr ich auch ein Gespräch schätze, aber im Moment habe ich was anderes zu tun, als mir deine Sabbelei aufzuzwingen.«

Dabei fing er herzhaft zu gähnen an, riss dabei sein Mund soweit auf, dass man die zart-rosa Farbe der Mandeltaschen, des Gaumens, des Zäpfchens und der Rachenhinterwand sehen konnte, wobei die Zunge gestreckt im Mundbereich verblieb.

»Ah-Ohah«, gähnte er abermals, stand dabei auf, reckte und streckte sich nach allen Seiten und machte einen riesigen Buckel, bei dem selbst Quasimodo vor Neid erblassen würde.

»Na bereitest du dich auf ein sportliches Ereignis vor?«, fragte ich ihn, »oder was sind das für gymnastische Dehnübungen?«

»Wieso, gibt das zu fressen?«, horchte er plötzlich auf und ließ die Augen zu großen runden schwarzen Pupillen anwachsen.

»Du magst doch Sport, oder nicht?«

»Natürlich mag ich Sport. Deshalb mache ich ihn auch so selten. Er soll ja schließlich was Besonderes bleiben, obwohl man ja immer wieder sagt: Sport und Turnen füllen Gräber und Urnen.«

»Witzbold!«

Es ist eine besondere Art des Sports und nennt sich Katzenfußball. Dabei gibt es ein paar Unterschiede zwischen dem Fußball des Homo sapiens und dem des Felis silvestris catus. Hier einige Wesensmerkmale:

1. Keiner trägt eine Rückennummer.

2. Auf Schiedsrichter wird verzichtet, sowie auf Ersatzspieler, Sanitäter und auf Trainer.

3. Nicht mehr als drei Dutzend Bälle dürfen pro Wettkampf verspielt werden.

4. Das Tor ist so breit, wie das Wohnzimmer tief ist und geht bis zur Decke.

5. Das Stadium besteht aus einem Eck-Sofa für maximal fünf Personen sowie den dazugehörigen Sessel und bietet einen exzellenten Komfort, wie in der VIP-Lounge.

6. Die Anzeigetafel kann bei Bedarf auch Fernsehprogramme ausstrahlen.

7. Eck- bzw. Abstöße sowie Einwürfe gibt es nicht. Dafür darf aber über Bande gespielt werden.

8. Anstoß ist immer die Mitte des Couchtisches.

9. Ein gefangener Ball muss sofort verzehrt werden.

10. Wenn einer keine Lust mehr hat, müde, kaputt oder geschafft ist, gilt das Spiel als beendet.

Wachsam saß Tommy da, verfolgte jede meiner Handbewegungen, sah, wie ich die Dose mit den Leckerlis hervorholte, sie öffnete und nun endlich in das Horn zu Jagd blase. Doch ich ließ mir Zeit, wühlte mit dem Finger in der Dose herum und sortierte so ein wenig die Leckerlis nach der Größe.

»Ey wartest du auf die Segnung vom Papst oder warum dauert es solange?«

»Geht sofort los, mein Freund.«

»Na hoffentlich«, miaute er. »Ich sag dir nur eins, ich kämpfe heute nicht fair, bin ja schließlich nicht umsonst mit verschiedenen Retuschierwerkzeugen ausgestattet, wie zum Beispiel mit messerscharfen Zähnen, dolchartigen Krallen, einer alternativen Körperform und mit einem einzigartigen, unverkennbaren, brutalen und beeindruckenden Killerblick. Also passe schön auf.«

»Hä, hä, hä, deiner alternativen Körperform und deinem Gewicht werden ein paar Bewegungen ganz gut tun.«

»Hallo mal nicht so unfreundlich, du wandelnder Kaktus. Über Gewicht redet man nicht, Gewicht bekommt man.«

Da Tommy eine reine Wohnungskatze ist, ihm die Jagdmöglichkeiten fehlen, spielen wir hin und wieder mal ausgiebig Katzenfußball, Pirschen, Haschen, oder einfach wilde Sau.

Dazu gehören alle Aktivitäten des Jagens, Fangens und des Fliehens. Und wenn keine Beute vorhanden ist, dann muss einer oder etwas die Rolle des Gejagten übernehmen, wie es bei den Rollenspielen Räuber und Gendarm oder Cowboy und Indianer geschieht. In diesem Fall sind Leckerlis der Tribut, also die zu fangende Maus.

»Sag mir Bescheid, wenn du fertig bist.«

»Nur noch einmal kurz Gähnen. Ah-Ohah …, und ich hatte immer gedacht, dass das Schlafen der einzige Sport ist, den wir Katzen regelmäßig betreiben sollten.«

Flugs flog das erste Leckerli durch die Luft. Direkt aus dem Stand mit einer leichten Drehung sprang er in die Höhe, fing es auf und schlug es zu Boden. Dann das Anpirschen, das Sichducken, das Vorwärtskriechen und Anspringen an das analoge Nagetier, wobei das Hinterteil hochsteht und der Schwanz hin und her peitscht, wie die Peitsche des schwarz maskierten Rächers, der jedem Gegner ein Z auf die Stirn tätowierte. Ein kurzes Kokettieren und dann der Sprung nach vorne, auf dieses Freiwild, das Opfer, das zum Fangen freigegebene Beutetier. Danach war nur noch ein leichtes Knacken, ein Brechen, ein bröckelndes Zerfallen zu hören.

Er schaute zu mir rüber, zu seinem abgebrühten konventionellen Gegner und beobachtete, wie ich ein weiteres Leckerli zur Hand nahm. Mein Blick ist entscheidend, das weiß er, darum achtete er ganz genau darauf, in welcher Richtung ich schaue.

Nun der Wurf, und sofort bemerkte er, dass ich mich auf die entgegengesetzte Richtung konzentrierte. Meine Hinterlist wurde früh genug erkannt, denn bevor das Leckerli sich in die Luft erhob, sprang er bereits auf die andere Seite, fing und zerbiss es.

Es ist wie der Freiwurf beim Handball. Der Angreifer steht auf der Sieben-Meter-Linie, der Hüter selbstsicher und entschlossen in geraumer Entfernung davor. Verdammt gute Reflexe und eine ausgezeichnete Beobachtungsgabe sind Voraussetzung für so ein Wettspiel.

Wieder stand er solo da, wartete auf den Angriff und wieder flog ein Leckerli gefüllt mit Ente und Huhn durch die Luft. Unmittelbar vor seiner Nase landete es.

Geduckt stand er davor und wartete. Plötzlich streckte er seine Pfote aus und warf das Leckerli zielsicher über sich hinweg. Geschwind drehte er sich um, sprang auf das Leckerli und verschlang es.

Es war, als wenn ein geschickt fischender Bär einen Lachs mit der Tatze geradewegs rückwärts über die Schulter aus einem See herauskatapultierte, der daraufhin am Ufer landete und bevor der Fisch sich wedelnd wieder zurück ins Wasser schlängelt, er in Sicherheit gebracht werden musste.

»Ey Opfer, geh mir aus der Sicht«, miaute Tommy, als das nächste Leckerli direkt vor seine Pfoten landete, was er daraufhin schmatzend auf seiner Zunge zergehen ließ.

Bei unserem Spiel ist es wie der Kampf zweier Kontrahenten, wobei keine charakteristischen Drohstellungen eingenommen werden, wo kein Tommy mit durchgestreckten Beinen daherkommt, er keine Rückenhaare sträubt und auch keinen beeindruckenden Buckel macht, um möglichst groß zu erscheinen. Nein, es ist mehr der gespannte Blick, das Fixieren auf das Objekt, das Anpeilen um dann schnellstens eine Fangstrategie zu entwickeln.

Weiterhin wartete er darauf, dass das nächste Sandwich gefüllt mit leckerem

Geflügel, Lamm oder Ente ihm entgegen flog, dass er sich dabei auf den Hinterpfoten stellen kann, es mit den Vorderpfoten in der Luft auffängt und verzehrt. Doch es dauerte ihm zu lange und so nörgelte er mal wieder miauend:

»Beeil dich mal ein bisschen, du Klappstuhl oder soll ich tragen helfen.«

»Nun mal ganz langsam mit den jungen Pferden. Alter Opa ist kein D-Zug.«

»Mann, du bewegst dich nicht wie ein Opa, sondern wie eine ostfriesische Wanderdüne. Könnt ja direkt noch ein Nickerchen halten oder ins Theater gehen. Sein ... oder nicht sein ..., das ... ist hier die Frage.«

»Hä?«

»Hamlet dritter Akt, erste Szene.«

Doch kaum ausmiaut, flog das Leckerli an ihm vorbei. Operation "Irritation" hat geglückt. Mit dem antäuschen, es in die entgegengesetzte Richtung zu werfen, hatte ich ihn verwirrt, ihn unsicher gemacht und ihn so gefoppt.

»Guter Auftritt, was? Da sieht man meine professionelle sportliche Ader beim Einnetzen.«

»Ja und ich wohne im Hilton, fahr einen 71' Chevy Chevelle SS, als Zweitwagen einen Bentley und meine Jacht liegt im Puerto de Cala Ratjada auf Mallorca. Ich habe gehört, dass Vanessa Mae in der Stadt ist, die sucht noch ein Trommler.«

»Sehr witzig.«

Danach suchte er das Leckerli, fand es auch schnell und fing an damit zu dribbeln, sein Tribut in kurzen Stößen vor sich herzutreiben, es zu jagen, zu schwächen. Dann hob er den Kopf, drehte ihn zur Seite und fixierte sein Opfer mit einem starren Blick, um dann mit einem Sprung den drohenden Nackenbiss anzubringen.

Ein weiterer flog durch die Luft und landete in Sichtweite. Tommy lag da, wie eine Sphinx, wie eine löwenähnliche Gestalt mit Nemes Kopftuch. Seine Pfoten nach vorne ausgestreckt, den Kopf steif aufgerichtet, der Körper flach am Boden und sein Schwanz eng am Hinterteil angelegt.

Tommy gehört nicht zu den Ausdauersportlern, die ihre Aktivitäten über ein längeres Maß an Bewegung aufrechterhalten. Wenn er keine Lust mehr hat oder ermüdet ist, bleibt er liegen und da können dann zig Leckerlis an ihm vorbeifliegen, er wurde sie zu einem späteren Zeitpunkt suchen.

»Ah-Ohah«, gähnte er. »Man bin ich fertig, die ganze Rennerei die schafft mich.

Ich muss erst mal ein kleines Nickerchen machen, dann bin ich wieder in Form.«

Dabei stand er auf, ging zu seinem Bettchen, was seitlich im Wohnzimmer stand, schnappte sich auf dem Weg noch schnell das letzte Leckerli und legte sich dann zur Ruhe.

»Na kaputt Junge?«, fragte ich wohlgesinnt.

»Oh Mann, soviel Kalorien wie heute hab ich noch nie verbraucht. Ich muss erstmal ein Schläfchen machen. Weck mich, wenn die Fressnäpfe gefüllt sind und ich mein Gesicht darin vergraben kann.«

»Was hältst du davon, wenn wir gemeinsam was trinken. Irgendwie habe ich mal gehört, man soll nie allein trinken, dass soll zum Alkoholismus führen. Ich genehmige mir ein Glas Wein und du bekommst eine Schale Vanillesoße.«

»Na das ist doch ein Wort«, bemerkte Tommy und trabte hinter mir her in die Küche.

Ich schenkte mir ein Glas Wein ein, schwenkte in im Glas, um das Aroma zu entfalten und beobachtete den Schlierfilm, wie er langsam an den Wänden des Glases herunter glitt. Wie ein Kenner roch ich am Glas, ließ mir die aromatischen Düfte von Beeren, Pfirsich, Zimt in die Nase steigen.

»Hier rieche mal«, sprach ich zu Tommy und hielt ihm das Glas entgegen. »Der riecht echt lecker.«

»Äh, das riecht doch widerlich, wie kann man so was herunter schlürfen. Da fallen einem ja die Haare einzeln aus dem Fell. Ekelig.«

»Du hast eben für die schönen Dinge im Leben nichts übrig«, sprach ich zu ihm und füllte sein Schälchen Vanillesoße.

Im Wohnzimmer genoss ich den alkoholisierten Traubensaft, das Edelgesöff der Antike. Kurzen Augenblick später kam auch Tommy, ging zu seinem Bettchen, legte sich hinein und murmelte:

»Man früher brauchte ich x-Versuche, um einzuschlafen, heute schlaf ich schon in Gehen ein. Ah-Ohah.«

Daraufhin schloss er die Augen und schlief ein.

## 9. Mein Magen ist so leer, dass ich das Knurren in meiner Achselhöhle höre

Hhhhh, pfffff, hhhhh, pfffff«, hauchte Tommy im Schlaf so vor sich hin, dass sich anhört, wie das sanfte Summen einer wedelnden Palme im Wind, das Rauschen der Birkenblätter oder das Schaukeln von Baumkronen.

Er schnarchte mit der Pfote vor den Augen in einem weichen fein säuberlichen Ton und betritt dabei die Welt der Träume, die ihn von Naturgesetzen und moralischen Zwängen befreien.

Auch wir Menschen lassen uns immer wieder in eine Traumwelt treiben, erleben schönes und auch haarsträubendes, buntes und banales, mal distanziert, mal mittendrin.

Einige sprechen von indirekten oder verschlüsselten Botschaften von Göttern und Dämonen, denen Weissagungen- oder Orakelcharaktereigenschaften zugesprochen werden. Andere wiederum sind der Meinung, dass die im Schlaf auftretenden Abläufe von Vorstellungen, Bildern, Ereignissen und Erlebnissen nur eine Erholung des Gehirns sei.

Es ist schon eigenartig, was das Gehirn so treibt, wenn man schläft.

Tommy zumindest war dabei, quer durch die wildesten Vorstellungen und Fantasiegebilden zu reisen. Dabei rutschte ihm die Pfote vom Gesicht. Die Vibrissen fingen an zu vibrieren, die Pfote zuckte und die Schwanzspitze krümmte sich unruhig. Er war am Träumen.

»Oh süße«, murmelte er in seiner Illusion, »was bist du für ein hübsches Katzenweib …, wie heißt du denn …, sei nicht so schüchtern … Für dich würde ich doch glatt weg auf Geschnetzeltes von der Kalbsleber mit Zwiebeln und Champions in einer guten Rotweinsoße verzichten.«

Dann fingen seine Lippen an zu vibrieren, was zwar nicht gerade ein Hollywoodlächeln voraussetzte, aber seine Zähne wie Chromfelgen strahlen ließ. Dann nuschelte er weiter:

»Grrr …, du machst mich ganz Wild, komm küss mich, küss mich, schmatz, schmatz.«

Ich erstaunte ein wenig, über die sinnfreie Aufforderung, über den Monolog, den er im Schlaf von sich gab. Ist schon eigenartig, was er da so faselt, ganz zu schweigen von dem lauten Gestöhne. Dass wir mittlerweile über emotionale Signale hinaus uns auch noch sprachlich verständigen können, daran habe ich mich bereits gewöhnt, obwohl es jeglicher Form der Vorstellungskraft widerspricht.

»Komm her ich will dich jetzt hier und heute«, sprach er weiter.

Konsterniert saß ich da und staunte. Bisher hatte ich es nie wahrgenommen, dass mein Kater im Schlaf spricht, oder durchlebe ich gerade eine schamanische Entrückung, eine Psychose oder gar eine Halluzination?

Plötzlich wurde er wach, schaute in der Gegend umher und meinte:

»Wo bin ich hier?« Dabei schaute er zu mir rüber. »Hast du mich aus meinem Traum gerissen? Mann war das ein heißer Feger, eine Kätzin, um auf die Knie zu fallen und den Herrn der Fellkugel zu danken, dass man als Kater auf die Welt gekommen ist. Ah-Ohah«, gähnte er.

»Aber sonst ist alles Okay, oder?«, betonte ich, als er mir sein weit geöffnetes Maul entgegenhielt.

»Uijuijui, das war vielleicht ein Leckerchen, bisschen unbegabt die Kleine aber … Hinterläufe, O-Mann-O-Mann. Und ein Fell, wow, schön glatt und hell mit dunklem Nasenspiegel, einer stupsartigen Nase, süßen kleinen Öhrchen und kein bisschen Cellulitis.«

»Cellulitis gibt es bei Katzen nicht.«

»Nicht? Hm … dann meine ich wohl Zelluloid.«

»Zelluloid wird für die Filmherstellung verwendet.«

»Für Filme? Dann war die Kleine eine Luxus-Biene, eine aus dem Popcorn Kino, eine durch das Medium Film zu Ruhm gewordene Künstlerin? Wow, Kohle ohne Ende, Mega-Katzenhöhle mit Liegedach, reichlich Nachwuchs, verständnisvollen Kater und alles tanzt nach ihrer Pfeife? Ich glaub, ich muss mal wieder in mich gehen, vielleicht treffe ich sie ja wieder.«

Daraufhin legte er sich wieder nieder und schloss die Augen.

Ich schaltete derweil den Fernseher ein, legte mich auf die Couch und ließ mich von den Nachrichten berieseln. Im Gegensatz zu den privatwirtschaftlichen Sendern, die das Gehirn der Zuschauer wenig beanspruchen, haben die öffentlich rechtlichen Sender ein hohes Niveau, was die Nachrichten betrifft.

Pünktlich um zwanzig Uhr ertönte die Erkennungsmelodie, der Sechs-Ton-Klassiker, das Taaa-taaa, ta ta ta ta taaaaa. Erinnerungen an meine Jungendzeit stiegen auf, als selbst das Fernsehen noch geregelte Arbeitszeiten hatte und ab Mitternacht seiner Freizeit nachging. Bis gegen achtzehn Uhr blieben daher die Fernsehgeräte ausgeschaltet, da außer dem Testbild nichts zu sehen gab.

Heute ist man Tag und Nacht damit beschäftigt, irgendwelche Sendungen auszustrahlen. Dazu hatte man Sendeplätze festgelegt, die sich an den Einschaltquoten orientieren. Beste Sendezeit ist damit die Zeit zwischen zwanzig Uhr und Mitternacht. Eine Zeit, wo die nicht öffentlich-rechtlichen Fernsehanstalten die meiste Reklame über den Äther schicken, nämlich bis zu zwanzig Prozent eines ausgestrahlten Programms.

Hinzu kommt noch, dass der Kauf von Filmen lizenzgebunden ist und da er meistens mit mehrfachen Ausstrahlrechten erworben wird, darf man sich immer wieder daran erfreuen, wenn Wiederholungen von älteren Serien und Filmen in einer Endlosschleife ausgestrahlt werden, damit die Lizenzen auch ökonomisch ihren Nutzen haben. Unterbrochen natürlich von zwölf Minuten Reklame pro Stunde, zuzüglich Programmvorschau und Eigenwerbung, was die Unterbrechung nicht nur auf gefühlte, sondern auf abgestumpfte vierundzwanzig Minuten ausdehnt.

Gegenwärtige Serien nennt man auch Seifenopern, weil sie mit Seifen- und Waschmittelwerbung penetriert werden und die Ausstrahlung zu einem Zeitpunkt erfolgt, wo man die Hauptzielgruppe der Hausfrauen am besten anspricht, nämlich morgens und vormittags in der Küche beim Zwiebelschneiden.

Eine Eingebung, die die Küchenhersteller sehr schnell umgesetzt haben und Küchen mit eingebauten LCD-Fernsehern anbieten, um die multitaskingfähige Frau beim Essen zubereiten von ihrer Langeweile abzubringen und ihr so die Möglichkeit zu geben, die Wiederholungen der Serie oder auch des Films vom Vorabend anzusehen, die sie womöglich verpasst hatte.

Nur Nachrichten werden nicht so oft wiederholt, wobei sie zwar stark polarisieren, aber immer weniger Informationsgehalt beinhalten, da sie größtenteils nur noch neu verpackt wurden. Allerdings stellte ich mir immer wieder die Frage, warum die Nachrichten stets fünfzehn Minuten dauern, obwohl manchmal mehr und manchmal weniger auf der Welt passiert.

Plötzlich sah ich peripher, aus dem Augenwinkel heraus, wie Tommy wach wurde, wie er sich erhob und sich reckte.

»Na Gigolo, hast du wieder von der kleinen Süßen geträumt?«, fragte ich.

»Jo«, bestätigter er kurz und knapp und gähnte dabei: »Ah-Ohahh.«

»Und wie war's?«

»Hm …, nicht her Hit. Ich musste durchs Fenster verschwinden, sprang dabei auf einen Stapel Gartenmöbel, die anschließend zusammenfielen und mich fast begruben. Danach musste ich durch ein Rosenbeet. Die Unkräuter attackierten mich mit ihren todbringenden Dornen und dann der Nachbar …, der hatte einen wolfsartigen Kampfhund, der, anstatt seinen eigenen Schwanz hinterher zu jagen, lieber mich ins Visier nahm.«

»Wow, was für ein Erlebnis.«

Auf einmal entdeckte er einen schwarzen Punkt auf dem Lampenschirm, dessen Interesse er bekundete. Fast hypnotisierend richtete er sein Augenmerk auf diesen Punkt, als wenn er mit diesem zwielichtigen Verfahren versucht in die düstere und umnebelte Gedankenwelt des Punktes einzutauchen, um ihn zu vernichten.

Doch auf einmal fing der schwarze Punkt an sich zu bewegen, verlagerte seine Position aufwärts, und als ich näher hinsah, bemerkte ich, dass es sich um einen Marienkäfer handelt. Ein unter den Menschen als Glücksbringer geltendes Flugwesen.

»Ey du Kulturschädling, du bist in der falschen Wohnung, du parasitäres schwarz gepunktetes Insekt«, mauzte Tommy. »Verpiss dich.«

Er bekam keine Antwort. Der Marienkäfer marschierte weiter den Lampenschirm hinauf.

»Okay, dann fordere ich dich hiermit zum Bordell …, äh …, hm …, ich meinte zum Duell natürlich, zum Zweikampf. Ich werde dir jeden Punkt einzeln aus dem Hemd schlagen, bis du pudelnackt bist.« Dabei erhob er seine Pfote und war nahebei damit zuzuschlagen.

»Tommy, das ist nein«, bestimmte ich.

»Hey Hirni«, sprach er zu mir. »Wir haben hier ein mittelschweres Problem. Ich glaub, es wird Zeit für eine Alarmanlage. Satan mit seinem roten Umhang hat sich eingeschlichen. Der hat so viele Beine, wie wir beide zusammen. Aber einen geilen Lack hat er …, Ferrari rot.«

»Tom-m-my«, rief ich heftig, als ich bemerkte, dass er abermals seine Pfote erhob. »Las das arme Tierchen.«

»Schleimer«, maute er. »Ich wollte doch nur fühlen, ob der Lack trocken ist.« Dabei ließ er von dem Käfer ab und legte sich wieder in sein Bettchen. Nebenbei knurrte er noch: »Las mich nur in Ruhe, du …, du …, du Schleimbeutel. Wirst schon sehen was du davon hast, wenn der erst mal seine ganzen Kumpels holt.«

Ich stand auf ging zu Tommy, schaute auf den Marienkäfer und sprach zu Tommy:

»Das ist ein Siebenpunkt Käfer. Er hat links und rechts je drei Punkte, sowie direkt einen auf der Naht der Deckflügel.«

Dann sprach ich zu dem Marienkäfer:

»Ist aber gar nicht nett von dir, meinem Kater solche Angst einzujagen.«

»Angst mir?«, empörte sich Tommy, erhob sich wieder und saß da, als wenn er sich auf einen flüssigen Kampfablauf vorbereiten würde. »Hä, da kann ich doch nur miauen. Dir ist schon bewusst, dass ich ein Kater bin, oder? Ich sag nur eins: Steh auf, wenn du am Boden liegst, du rot lackierter Teufel.«

»Nun ist gut, lass das kleine Tierchen.«

»Aber einen geilen Lack hatte der wirklich«, brummte Tommy, nahm wieder in seinem Bettchen platz und klappte die Augenlider zu.

Ich drehte mich um, um in die Küche zu gehen. Sofort öffnete sich eins seiner Augenlider, um zu sehen, was anliegt.

»Ich gehe nur in die Küche, um mir noch ein Glas Wein zu holen«, erwähnte ich dabei.

»Ja, ja geh du mal deine Seele waschen«, murrte Tommy und schloss das Augenlid wieder.

Doch bevor ich zur Küche ging, musste ich erst mal den Ruf der Natur folgen. Jeder normale Mann muss mehrmals am Tag die Rückseite eines Baumes aufsuchen, besonders dann, wenn der Tag mit dem Morgenkaffee anfängt und sich über einen Vormittags-, Mittags-, Nachmittags-, Feierabend- und einem weiteren Zuhause-Kaffee erfreut.

Da das Katzenklo im Badezimmer stand, ist die Tür zum Bad nie hermetisch verschlossen. So stieß ich die Tür auf und sah plötzlich im Augenwinkel, wie blitzartig der Schatten eines Ungetümes an mir vorbeihuschte, wie es zwischen meinen Beinen hindurch auf leisen Sohlen ins Badezimmer hetzte.

Wer kann es auch anderes sein, als der andere Mitbewohner unserer Sechspfoten-WG. Es gibt kaum eine Möglichkeit, mal alleine ins Bad zu gehen, um zu duschen, zu waschen oder einfach mal ein Pullerchen zu machen.

Wahrscheinlich hat er es sich zu Aufgabe gemacht, zu prüfen, ob mir es an Stil und Benehmen fehlt, die in der europäischen Zivilisationsgesellschaft vorgesehene Sitztoilette auch im Sitzen zu benutzen.

Viele entfremden sie immer noch, stehen davor und verteilen Myriaden von Spritzern auf dem Boden, wo sich selbst im Schatten der Beine immer wieder kleine Rinnsale bilden und dann vom Stoff aufgesagt werden.

Schlimmer aber sind die Hocktoiletten, die Probleme aufwerfen, wenn man nicht tief genug in die Hocke geht oder an Kniearthrose leidet oder gar an Gleichgewichtsstörungen und Schwindelanfällen kränkelt, wo man bereits vom Geruch in Ohnmacht fällt.

Ich schaltete das Licht an und sah, wie Tommy gerade in die Wanne sprang, sie beschnupperte und sich dann mittendrin hineinsetzte.

»Kannst du mal den Schnabel des Wasserhuhns aufdrehen, ich hab Durst«, miaute er fast tonlos.

Trotz der Schale, die gefüllt mit Wasser darin steht, erwartet er nun, dass ich dennoch den Wasserhahn kurz aufdrehe, damit das feuchte Element wie ein kleines sacht fließendes Gewässer dem Gefälle herunterläuft und er es wie ein Staubsauger aufsaugen kann.

Da ein Vierbeiner nicht das richtige Handwerkzeug wie ein Zweibeiner besitzt, um den Hahn kurz zu öffnen und gleich wieder zu schließen, auch nicht die Willenskraft besitzt, es zu lernen, bin ich natürlich als sein Personal gerne bereit ihm dieses Bestreben abzunehmen.

»Ist es so recht?«, fragte ich.

»Danke, kannst wieder gehen. Ich rufe, wenn ich dich brauche.«

Nachdem auch ich meinen plötzlich auftretenden Klogangdrang beendet hatte, stand auch Tommy bereits vor der halbwegs angelehnten Tür, die er eigentlich ohne große Anstrengung selber öffnen könnte, er aber lieber wartet, damit ich dem Ruf des Dieners folgte, seines Dieners. Um meine Courtoisie zu frönen, öffnete ich selbstverständlich die Tür, damit er mit gehobenem Schwanz hochmütig an mir vorbeistolzieren kann.

Wenn man schon sein Kissen aufschüttelt, sein Fell regelmäßig mit der Bürste pflegt, für Sportaktivitäten sorgt und sein Essen serviert, dann kann man auch kurz vor der Küche stehen bleiben und dem hochrangigen Staatsoberhaupt den Vortritt gewähren.

Sofort schritt er Richtung Fressnäpfe und bediente sich an den letzten zwei Krümeln des verbleibenden Nassfutters, damit es ja nicht vertrocknet im Müll landet.

»Ey Servierknecht, mein Magen ist so leer, dass ich das Knurren in meiner Achselhöhle höre.«

»Hast du etwa noch Hunger?«

»Hört man das nicht?«

»Ist die Figur erst ruiniert, frisst es sich recht ungeniert«, nuschelte ich so vor mir hin.

»Was hast du gesagt?«, fragte Tommy

»Nix, nix, gar nichts. Ich hab nur zu mir gesagt, dass ich aufpassen muss, sonst verwechselt man dich noch mit Schweinchen Dick.«

»Na gut und denk dran, das Leben viel zu kurz ist, bitte zuerst das Dessert.«

»J-j-j-j-a.«

»Bescheidenheit, Bescheidenheit, verlass mich nicht bei Tische und gib, dass ich zur rechten Zeit das größte Stück erwische, miau.«

Dabei stand mein kleiner Poet wieder mal vor der Aufgabe, den Gipfel, der hundert Millimeter hohen Küchenarbeitsplatte, ohne Zuhilfenahme von Sauerstoffflaschen zu besteigen.

Doch schnell ließ er davon ab, als er den Fressnapf auf sich zukommen sah.

»Hier dein Fresserchen.«

»Ah wunderbar, ich dachte schon ich muss den Gang des irdischen Gehens nehmen.«

Kopfschüttelnd ging ich zum Kühlschrank, holte den Wein heraus, goss mir ein Glas voll, ging wieder ins Wohnzimmer und machte es mir weiterhin auf der Couch bequem.

## 10. Wie ein Aerifiziergerät bohrte er seine Krallen in den Bizeps

Nachdem Tommy sein Fressnapf abermals schrankfertig gesäubert hatte, stand er im Türdurchgang und widmete sich wieder mal einer ausgiebigen Körperpflege.

Wenn ich ihn so beobachte, habe ich manchmal das Gefühl, dass eine Serviette gar nicht mal so unangebracht wäre, die man ihm um den Hals bindet, damit möglichst sein Fell vor herabfallenden Speisen geschützt wird. Doch dann würde man nur den Eindruck erwecken, dass er nicht in der Lage wäre, mit notwendiger Sorgfalt zu speisen.

Naja, und wenn ich mir so sein Fressplatz ansehe, dann liegt es wohl mehr am genetisch bedingten Erbgut oder aber auch an den Vorbildern, der Katzenmutter, wobei meines Erachtens Kleckern nicht gerade zu den genetischen Verhaltensweisen gehört.

Fein säuberlich feuchtete er seine Pfote an, wischt mit ihr dezent die Speisereste aus den Mundwinkeln und reinigt anschließend die Pfote, um die restlichen Fettspuren auf den Krallen zu entfernen.

Ich lege mich auf der Couch nieder und sehe nur noch die Ohren, die sich auf und ab bewegen. Irgendwann war Schluss, keine Ohren waren zu sehen. Keine Ohren, die sich beim Putzen mit dem Kopf vor seinem Brustkorb auf und nieder bewegten.

Unter der Tischplatte hindurch, schaute er zu mir her, sah, wie ich auf dem Sofa so einfach auf der faulen Haut liege, so vor mir hin schimmele, einem exzessiven Extremcouching nachgehe.

Dann sah ich das Stimmungsbarometer, den Schwanz meines vierbeinigen Wollknäuels der erhoben an der Tischkante vorbeischlich und am Ende stehen blieb. Ein kurzer verstohlener Blick noch um das Tischbein herum, dann zwei Schritte und schon saß er vor der Couch und blickte zu mir hinauf.

Apathisch, starr, untätig fixierte er meine Mimik, beobachtete, wie meine Augenlider unaufhörlich auf- und zuschlugen, wie sie die Tränenflüssigkeit verteilten und gleichzeitig den Schmutz von den Augen wegwischten. Stundenlang kann er so da sitzen und warten, bis sich sein Blick soweit in mein Gehirn gebohrt hat, dass ich auf ihn aufmerksam werde. Manchmal dauert es ihm auch zu lange, dann meldet er sich mit einem äußerst leisen Mauen. Hilft das nicht, wird sein Tonfall etwas lauter:

»Hey, ich beobachte dich hier schon eine ganze Weile. Ich zweifel so langsam an meiner Existenz oder ignorierst du mich etwa?«

Dabei fängt er laut zu schnurren an, um die damit herrschende Ruhe zu unterbrechen und um vor allem auf sich aufmerksam zu machen.

»Komm rauf«, sprach ich zu ihm und rückte weiter gegen die Rücklehne des Sofas. »Komm schon, leg dich zu mir.«

»Mach dich mal nicht zu breit wie ein Türsteher, jetzt komme ich. Auf die Pfoten fertig los.«

Und mit einem Standhochsprung landete er auf der Couch. Da Katzen das Händeschütteln noch nicht für sich entdeckt haben, begrüßte er mich damit, dass er mich mit seinem Kopf anstößt, was in diesem Fall so viel heißt, wie:

»Na du faule Socke arbeitest wieder im Energiesparmodus?«

Tippelnd lief er hin und her, blieb dann mit seinem Hinterteil vor meiner Nase stehen, und ließ dabei seinen Schwanz vor meinem Gesicht hin und her tänzeln.

»Prust …, äääh …, Tommy, musst du denn unbedingt dein Rüssel durch mein Gesicht schleifen? Oh Entschuldigung, das ist ja dein Hinterteil.«

»Meckere nicht, wer pöbelt, wird vermöbelt.«

Dabei drehte er sich um und stellte sich so hin, dass er mit seiner ganzen körperlichen Pracht das Blickfeld zum Fernseher verdeckte. Eine Trotz-Reaktion, eine Rebellion, eine Bockigkeit wie ein Kleinkind, das sich losreißt, mit den Füßen stammelt und sich so steif macht, dass man es nicht mehr in den Buggy bekommt. Oder aber ist es mit böser Absicht? Eine geplante Sache, einen Erfolg herbeizuführen, eine gezielte Störung, dessen Prozedur jeden Abend neu auf eine Probe gestellt wird?

Ganz interessiert schaut er dabei dann zur Balkontür, kann seinen Blick gar nicht davon abwenden. Dabei bewegt er sich keinen Zentimeter, steht da wie ein Pantomime in einer unveränderten Körperhaltung.

»He, du bist zwar leicht durchschaubar«, ließ ich verlauten, »aber nicht durchsichtig.«

»Mann, bei dem Programm was du siehst, da schläft einem doch das Gesicht ein«, hörte ich nur noch murrend.

»Tommy, sein ein lieber Kater und mach platz!«

»Ich will dich mal mit einer weiteren Regel vertraut machen. Ich bin der Chef hier, das Alphatier, die Wichtigkeit in Person, der King, dein erleuchteter allmächtiger und du, du bist mein Versorger, mein Diener, mein Untertan, mein Küchenchef. Ich entscheide, wo wer liegt, du hingegen kannst dafür in der Küche das Mehl hacken. Okay?«

Dabei drehte er sich noch fünfmal um seine eigene Achse, nahm Platz und legte seine beiden Vorderpfoten auf meinen Oberarm, den ich angewinkelt hatte, um meinen Kopf mit der offenen Handfläche abzustützen.

Schnurrend bekundete er seine Zufriedenheit, lag da und schaute zu mir auf, während ich seinen Rücken vom Nacken über den Widerrist bis zur Kruppe streichele. Dabei drückt er genüsslich sein Hinterteil jedes Mal gegen meine streichelnde Hand, bekommt einen total verklärten Blick und schien in einer Fantasiewelt zu schweben.

»Ah, haa, haah, ha-ha, hi-hi, ho-ho, mhm-mhmmm, jua-juaaah, ha, haa, haah«, hörte man ihn ungetrübt schurren. »Was ist es doch schön, Personal zu haben.«

Mitunter fängt er auch an zu sabbern, dann bilden sich kleine Speichelkügelchen an den Mundwinkel, die dann kurzfristig zu Tropfenformen werden, abreißen und auf meinen Oberarm landen.

Manchmal komme ich mir vor, ein Baby auf dem Arm zu halten, das gerade was getrunken hat und dessen Ventil, das den

Magen hin zur Speiseröhre dicht hält, nicht funktioniert.

Wenn er genug von der Rückmassage hat, die seinen Körper und seinen Geist entspannen soll, kommt die Seelenmassage. Dabei wirft er sich mit dem Hinterkopf gegen meine Brust, streckt den Hals aus und schaut mich vertikal gespiegelt von unten an.

»Hey Physiotherapeut, kannst mein Body weiter bügeln.«

Der nächste Schritt seiner täglichen Beautybehandlung wurde damit eingefordert, das energetische Kraulen am Hals. Leicht streife ich mit den Fingerkuppen vom Unterkiefer über den Kehlkopf, der Luftröhre bis hin zum Brustbein und wieder zurück. Mit tranceartig weggetretenem Blick, die Pfoten nach vorne eingeknickt, genießt er das Schauerlich-Schöne in vollen Zügen.

Kurze Zeit später, hat er die Schnauze voll von dem Wellnessangebot, fühlt sich schlapp, erschöpft und müde. Dabei schaute er mich an und maute:

»Ich werde heute mal auf die neusten Beauty-Trends von Kosmetika, tierischen Frisuren, Krallenlackfarben und aktuellen Katzenparfums verzichten, denn viel Wellness macht viel müde und deshalb brauchte ich meinen Schönheitsschlaf.«

Dabei schaute er sich um und stellte dann fest:

»Ich glaub ich nehme den Sessel« der ist am dichtesten. Ah-Ohah.«

»Na müde?«

»Ah-Ohah ..., sind nur zwei Stellen im Gesicht, die Müde sind.«

Wenn Tommy müde ist, arbeitet er vorwiegend im Kriechmodus, das heißt, keine großen Umwege um ein Ziel zu erreichen. So erhob er sich, versperrte erst mal wieder das Blickfeld zum Fernseher und reckte sich, indem er seinen Rücken kräftig durchdrückte. Dann ging er weiter, trat auf die geschwungene Lehne des Sofas und schaute hinüber zu dem Sessel, der gerade mal eine Pfotenlänge entfernt war.

Wie vor einem Abgrund mit steilen Hängen und Wänden stand er davor und schaute in die fast bodenlose Tiefe. Der Grand Canyon in Nordamerika, die Gorges du Verdon in Südfrankreich oder der Kupfer-Canyon in Mexiko ist dagegen wie ein Witz ohne Pointe.

Mutig, wie eine Löwenmutter die ihr Junges im Maul von einer Buche zu einer Akazie trägt, wie ein Sushi-Stück, dass an die Wand geworfen wurde und nun langsam und anmutig herunter schleimt, wie die Tapferkeit sich ins Sofa zu krallen, um damit bezaubernde Ziehfäden zu erzeugen, fing er an, sich auf die Überquerung der Schlucht vorzubereiten, indem er mit dem Hinterteil kokettierte.

Schnell noch einen kurzen Blick in die Tiefe, dann der entscheidende Moment. Leicht wie eine Feder, wie ein Adler im Wind, schwebte die eine Vorderpfote hinüber zur Sessellehne, woraufhin die Hinterpfote folgte. Danach das Gleiche mit der anderen Vorder- und Hinterpfote und schon befanden sich alle Samtpfoten vis-á-vis auf seinem Schlafkissen. Kurze Bettpflege in Form von treteln und das Lager ist zum Niederlegen bereit.

»Endlich Ruhe im Laden«, dachte ich mir und konzentrierte mich auf den inhaltlichen Mist, der die Quelle der Unzufriedenheit und die vorprogrammierte Bitterkeit über die zigste Wiederholung darstellt.

Während die öffentlich rechtlichen Sender ihre Filme mit dilettantischen Schauspielern produzieren, kaufen die Privatsender ihre Filme im Ausland ein, dort wo Filme überwiegend realen Ereignissen nachempfunden werden.

Wie auch im Schlaf, wo man zwangsläufig und unbewusst seine Liegeposition wechselt, um die Nährstoffe in der Bandscheibe zu bewegen, legte ich mich auch jetzt von der einen Seite des Sofas auf die andere. Dann blätterte ich mit der Fernbedienung durch die Programme, um eine für mich interessante Sendung zu finden.

Eine wunderbare Erfindung dieser kabellose Telekommander, mit dem man die Programme wegbeamen kann. Es ist wie ein Lieferservice, der einem die Getränke oder das Essen bringt. Früher, da musste man sich immer bequemen aufzustehen, um das Programm zu wechseln, deshalb gab es auch nur drei davon. Heute hat man das Zigfache und da würde ein Antibewegungskünstler ganz schnell zu einem Gewaltsportler werden.

Die Veränderung meiner Liegeposition wurde sofort von Tommy registriert. Mit nur einem geöffneten Auge vernahm er das Geschehen, wie ich umsiedelte. Dann öffnete er das andere Auge, denn mit dem Zweiten sieht man besser und schon erhob er sich und wagte abermals über die Schlucht zu balancieren, über den steilwändigen Einschnitt zwischen Sessel und Sofa. Mit nur einem kurzen Schritt kam er unversehrt und gesund auf der anderen Seite an.

Ein vom Bergsteigen besessener Kater hat auch keine Mühe über angewinkelte Beine, Hüften und anderen Körperteilen hinweg zu steigen, um dann mal wieder als Tanzlegastheniker direkt vor meiner Nase seinen Pfote-Pfote-Stampf mit dem perfekten Hüftschwung aufzuführen.

»Sag mal, war dein Vater Glaser?«, bemängelte ich.

»Ne Choreograf. Und zu meiner Showeinlage sagst du gar nichts«, murrte er schnurrend und bewegte sich weiterhin hin und her.

»Mit "Dein Vater war Glaser" wollte ich dich nur darauf aufmerksam machen, dass du mir die Sicht zur Mattscheibe versperrst.«

»Was siehst du dir da an? German Next Topwaschlappen, Einsatz auf vier Zentner oder nur die Liebe quält? Eigentlich müsstest du kotzen, brechen, spucken, reihern und dich übergeben, wenn du dir solche Hirnzellenabtötungsprogramme ansiehst. Zu meiner Jugendzeit gab es ab null Uhr immer den Ameisenkrieg oder zwischendurch mal das Videospiel Pong von Atari, das dem Tischtennis sehr ähnelte.«

»Zu deiner Jugendzeit, dass ich nicht lache, du prähistorisches Säugetier.«

»Na und …, bist du mit dem Bus hier oder mit dem Viehtransporter?«, ahndete er mich.

Daraufhin legte er sich nieder, seine Vorderpfoten belastend auf meinem Arm und fing an, bei jeder Streicheleinheit, seine Glückseligkeit damit zu bestätigen, dass er seine scharfen, spitzen, sichelförmigen Krallen rhythmisch ausfuhr und sie in meinen Arm vergrub.

»Auuaaa, das tut weh.«

»Heul doch du Jammerlappen.«

»Das tut wirklich weh, wenn du dich in meinem Arm festkrallst.«

»Tadel nicht den Fluss, wenn du reinfällst. Alte indische Weisheit«, maute Tommy kurz und ließ abermals die scharfen Spitzen seiner Krallen wie ein Aerifiziergerät in den Bizeps bohren.

»Hör auf, du Grobian«, stammelte ich, als die Stiche immer intensiver wurden.

»Meckere nicht, das sind nur vom Körper ausgelöste Warnsignale, wenn man zu stark mit dem Kopf durch die Wand will«, schnurrte Tommy und ließ diesmal sogar die Afterkralle spüren, die sich von unten in den Arm quälte.

Doch wer nicht hören will, muss fühlen, dachte ich mir und nahm die Hand von seinem Rücken. Sofort hörte er auf, seine Artefakte in mein Fleisch zu bohren. Dabei sah er mich fragend an:

»Ey wer hat dir das denn erlaubt?«, maute er. »Für solche eigenmächtigen

Handlungen wurde man früher auf die Streckbank gelegt oder in der eisernen Jungfrau vergessen.«

Aber Tommy wäre nicht Tommy, wenn er nicht wüsste, wie er mich zu nehmen hat, wie er sich mit seinem Kopf gegen meine Brust wirft, mit seinem treuen Katzenblick bettelnd kopfüber zu mir hinauf schaut und erwartet, dass man seinen Wunsch von den Augen ablesen würde.

Selbstverständlich geht man seiner indirekten Aufforderung nach und streichelt ihn ausgiebig, bis er zufrieden ist mit dem einseitigen zärtlichen Austausch von Liebkosungen und er sich dann verdünnisiert.

## 11. Ein chinesisches Sprichwort sagt: Grabe den Brunnen bevor du Durst hast

Inzwischen ist die Zeit gekommen, sich zum Schlafen zurückzuziehen. Mein alternder Kater hatte zwischenzeitlich den Mittelpunkt der Wohnung verlassen und sich auf einen ruhigeren Schlafplatz zurückgezogen, wo er sicher und ungestört wie ein satter Säugling seine Augen pflegen kann. Da er gewohnte Uhrzeiten hat, wann er wo schläft, müsste er um diese Uhrzeit auf dem Badezimmerteppich im Bad liegen.

So schaltete ich den Fernseher und das Licht aus und begab mich ins Bad, um mich bettfein zu machen. Dort lag – wie schon vermutet – Tommy und starrte rücken liegend zur Decke. Sie war weiß und hatte unzählig schwarze Fleckchen, Tupfer und Pünktchen, war wie gesprenkelt.

Unduldsam lag er da und versuchte, dieses schwarz mysteriös Gemusterte an der Decke zu identifizieren. Es ist die ungleichmäßige Struktur einer Raufasertapete, die im inneren mit kleinen Holzspänen versehen ist und die aufgrund des Lichtfalles, der Flurbeleuchtung und der vor dem Haus stehenden Straßenlaterne, eine getüpfelte, marmorierte Decke darstellte.

Faszinieren fixierte er sie, als wenn er einem wolkenfreien Himmel entgegensah und Leuchterscheinungen erblickte, als wenn er die Sternschnuppenströme der Quadrantiden, Perseiden, Leoniden und der Geminiden alle auf einmal zur Erde regnen sah.

Doch kaum bemerkte er, dass ich das Zimmer betrat, rollte er sich zu Seite und gab Acht, was nun passieren würde. Doch eigentlich passiert jeden Tag das gleiche vor dem Schlafengehen: Pipi machen, Hände waschen, Zähneputzen, Haare kämmen, Schlafanzug anziehen und ab ... ins ... Bett.

Eine Routine, ein Muster an gewohnten Aktivitäten, wie bei einem Basketball-Profi, der seinen Wurf immer nach demselben Muster ausführt: An die Linie treten, den rechten Fuß vor, drei schnelle Dribbler, den Korb ins Visier nehmen, ein tiefer Atemzug und ... Wurf.

Tommy saß aufrecht auf dem Badezimmerteppich und beobachtet mein Geschehen. Sitz ich auf der Toilette, die Ellenbogen auf den Knien gestützt, nutzt er die eingeschränkte Bewegungsfreiheit gleich aus und streift seinen Kopf beständig an meinen gefalteten Händen.

»Hey, wenn du da schon so nutzlos herumsitzt, dann kannst du wenigstens mein Fell in eine angemessene Ordnung bringen.«

»Sonst hast du keine Probleme oder was.«

»Stell dich nicht wie der erste Mensch an.«

Man kann nicht so dumm denken, wie es kommt und so streichelte ich ihn.

Danach kurz der Sprung in die Badewanne und das Hoffen, auf seine eigene vier Schanzentournee. Obgleich Katzen ganz gut fischen können und auch gerne Fische fressen sind sie doch sehr wasserscheu. So stand er da und schüttelt seine Pfote, als sie zwangsweise durch das kurze Öffnen des Wasserhahnes nass wurde.

»Hast du Wasser im Schuh?«, fragte ich.

»Hat jemand gesagt: Mülleimer auf?«

»Tschuldigung, dass ich geboren bin.«

»Manchmal frage ich mich, was hat sich die Natur nur bei dir gedacht.«

Als ich dann am Waschtisch stand, marschierte er in sein Katzenklo, was unter dem Waschbecken stand und miaute:

»Ich hab einen auf der Pfanne, der wird gleich den Spiegel zum Beschlagen bringen wird.«

Und tatsächlich. Es war ein Moment, wo einem ein beißender Geruch in die Nase kroch, wie das nasse Fell eines Hundes nach dem Sprung in eine Klärgrube, wo die Nase sich nur noch wünscht, freiwillig aus dem Gesicht fallen zu dürfen oder an Ort und Stelle zu Staub zu zerfallen.

»Sag mal Tommy, verwest du innerlich oder verbreitest du ehrenamtlich so ein Geruch.«

»Stänker nicht, ich hab dich vorher gewarnt.«

Dabei fing er an seine Deutschländer im Katzenstreu zu verstecken. Eigentlich ist er ein eifriger Gräber, erweckt oft den Eindruck, als wolle er einen Tunnel zum Nachbarn unter uns graben, wobei er immer einen richtigen Sandsturm verursacht. Doch irgendwie tauchte seine Bijouterie immer wieder an der Oberfläche auf.

»Wie kann man nur so bestialisch stinken.«

Tommy schnupperte an seiner Bedürfnisanstalt und miaute:

»Du hast recht. Ich glaub …, ich verschwinde lieber.«

Mit einer schnellen Pfotenbewegung öffnete er den Spalt der Tür so weit, dass er sich schnellstens hinaus schlängeln konnte.

Normalerweise wartete er so lange, bis ich ihm die Tür aufhalte, aber seine schlagfertigen Argumente trieben ihn selber von dannen. Auch ich verließ kurz darauf das Bad und legte mich ins Bett.

Im Schlafzimmer ist das Fernsehen ein absolutes Schlafmittel geworden, im Wohnzimmer hingegen nicht. Warum das gerade so ist, keine Ahnung! Womöglich liegt es daran, dass man schon rechtzeitig nach dem Bettzipfel schielt, dass man gemütlich mit dem Plumeau kuscheln möchte. So schalte ich ihn noch für ein paar Minuten die Glotze an, um die entsprechende Bettschwere zu erhalten.

Solange der Fernseher noch läuft, wagt sich auch Tommy ins Bett, denn solange der Fernseher läuft, ist Herrchen noch wach, und solange Herrchen wach ist, kann er sich immer noch ein paar Streicheleinheiten einheimsen.

»Tommy, komm schnell«, rief ich. »Spring aufs Bett.«

»Du könntest mich auch aufs Bett tragen. Denkt mal an meine Beine, meinen Rücken, meine Pfoten und meinen …, ach scheiß egal, ich komme schon.«

Dabei sprang er auf das Fußende vom Bett und schritt schnaufend und schnurrend den Weg zum Kopfteil an.

»Uff …, ächz …, seufz …, ich glaub, ich hab so langsam meine Leistungsgrenze erreicht. Ständig diese Bergsteigerei, man ist ja schließlich nicht mehr der Jüngste.«

»Fehlt dir der Dampf im Kessel, weil das Gehäuse zu alt ist?«, fragte ich.

»Ha, ha, ha, ich lache später.«

»Na komm, mach platz, Tommy.«

Auf Gesichtshöhe angekommen, fing er erstmal instinktiv an seinen Teil von der Bettdecke auszuschütteln, zu rütteln und zu klopfen. Tretelnd trampelte er mit gespreizten Pfoten darauf herum, ließ die Krallen abwechselnd ein- und ausfahren, bis es ausreichend war, sich hinein zulegen.

Ein Trieb, der den Katzen von Geburt an in die Wiege gelegt wurde. Kleine Katzenkinder treteln bei der Mutter und bearbeiten damit das Gesäuge, um den Milchfluss anzuregen. Große Katzen suchen sich meistens ihren menschlichen Untergebenen aus und zeigen damit, dass sie sich rundum wohlfühlen.

Irgendwann war die Zeit da, wo die Augen nicht mehr auf halbmast standen, sondern wo die Trauerflaggen bereits abgenommen wurden. Mit geschlossenen Augen tastete ich zu Fernbedienung und schaltete den Fernseher aus, worauf auch Tommy Sekunde später das Bett wieder verließ, um seinen Schlaf im Badezimmer fortzusetzen.

Da ich bei offenem Fenster schlafe, höre ich fast jedes Geräusch, was sich draußen auf der Straße abspielt. So erwachte ich mitten in der Nacht und hörte das unverwechselbare Geräusch eines sintflutartigen Regens, der auf das Dach eines Autos prasselte. Ein Regen, der die Rinnsteine mit dem plätschernden Nass füllte, der Straßen damit ungeduldig überflutete, der Keller überschwemmte und Bäume umstürzen lässt.

Kindererinnerungen stiegen in mir auf; hatte regelmäßig mit dem Regen fangen gespielt, nach ihm geschnappt und ihn verschlungen. Oft stand ich draußen, blickte zum Himmel und ließ mich sanft von ihm berühren, seine warmen Tropfen prickelnd auf der Haut zu spüren. Es war wie Sprudelwasser. Nass ließ ich mich regnen, ließ meine Haare, meine Kleidung durchnässen, die anschließend schlaff, matt, pitschnass an meinem Körper hingen.

Sie klebte vollgesaugt auf der Haut. Schuhe, einst sauber, waren mit Schlamm bedeckt und die ehemals blauen Jeans waren in einem rötlich braun grünen, feuchten Schmutz getränkt. Ein Vermächtnis der Natur, verbunden mit seinem großen

Geheimnis und einer ausschimpfe von der Mutter.

Ich stand auf, um am Fenster zu sehen, wie der Regen plätschernd herabfiel, sich in den Pfützen spiegelte und wie er seinen Weg bahnt, um irgendwo gierig vom Erdboden aufgesagt zu werden. Doch der Blick zur Straße brachte mich ins Erstaunen.

Eine eigentlich absolut staubtrockene Straße war zu sehen. Nur durch die herabscheinenden Strahlen des Mondes, die sich im Asphalt spiegelten, ließen die Straße feucht erscheinen. Eine Luftspiegelung, die wie Wasser aussieht, ähnlich einer Fata Morgana in der Wüste.

Selbst bei den parkenden Fahrzeugen klopfte keine Tropfen aufs Dach und zerplatze zugleich. Keine Fontänen, die sich auf den Motorhauben bildeten und keine Spurrillen, die dafür sorgten, dass meterhohen Wellen sich exponentiell auftürmten, wenn man durch sie hindurchfahren würde.

Eine Halluzination dachte ich, eine Augentäuschung, ein Bild der Fantasie oder eine überlagerte Wirklichkeit? Es soll Menschen geben, die gerade dabei waren einzuschlafen, neben sich ihren Partner glaubten, obwohl dieser verreist war. Schlaftrunken richteten sie sich auf, erkannten die tatsächliche Situation und schliefen dann weiter.

Im gleichen Augenblick dämmert es auch bei mir. Immer noch höre ich das Geräusch von herabfallenden Regen, der auf etwas metallische schlägt. Ein vollkommen unvermittelt auftretender Wasserrohrbruch schoss mir durch den Kopf, wobei das ausströmende Wasser bestimmt schon das Badezimmer überschwemmt hatte, womöglich sich schon den Weg über den Flur ins Wohnzimmer bahnte.

Ich folgte dem Geräusch ins Bad, schaltete das Licht an und war froh, dass mir keine Flüssigkeit im Überfluss entgegen kam. So konnte es nur die Küche sein. Da der Flur genauso gefliest war wie Bad und Küche, versuchte ich mit meinen nackten Füßen, die Feuchtigkeit zu ertasten. Doch ich spürte nichts, und als ich in die Küche hineinsah, da fiel mir doch glatt der Kitt aus der Brille. Der Hebel der Einhandarmatur am Spülbecken war geöffnet und ließ das Wasser in das leere Spülbecken laufen, wodurch ein prasselnd niederfallendes Geräusch entstand.

Ich stellte den Hahn ab und fragte mich, wer wohl der Verantwortliche für dieses Delikt war. Da wir hier eine Sechspfoten-WG sind, ist des Rätsels Lösung nicht allzu schwer. Zwei Pfoten fallen von vornherein heraus, nämlich meine, da ich sicherlich das Geräusch schon vor dem Schlafengehen vernommen hätte. Also bleiben nur noch vier übrig.

»Tommy, warst du das?«, sprach ich zu dem Vierbeiner, der die ganze Zeit meine Beine als Pylonengasse benutzte. Für ihn wird jeder Gang in Richtung Küche mit dem Füllen der Fressnäpfe assoziiert, egal um welche Uhrzeit.

»Ein chinesisches Sprichwort sagt: Grabe den Brunnen, bevor du Durst bekommst«, maute er und fing dabei an, wie ein Trecker im Leerlauf zu schnurren.

»Tommy du kannst nicht einfach den Wasserhahn aufdrehen. Stell dir mal vor, Herrchen ist nicht Zuhause und das Wasser läuft über das Spülbecken hinweg. Die Küche würde in kurzer Zeit unter Wasser stehen und du, du würdest in deinem Fressnapf sitzen und versuchen, mit deinen Vorderpfoten durch Wasser zu paddeln, wie die Steinzeitkatzen seinerzeit, die sich auch nur mit eigener Muskelkraft fortbewegten. Du hättest dann schnell dein ganz persönliches Erlebnisfreibad.

Das Wasser könnte auch in die unter uns liegende Wohnung dringen, und wenn der Nachbar nach Hause kommt, die Tür öffnet, würde die herausströmende Flutwelle in gleich wieder rückwärts die Treppe herunterspülen. Steht die Haustür offen, würde das Wasser weiter nach draußen fließen und zu einem zusätzlichen Event führen, nämlich die Straße in ein Canal de Grande zu versetzen.«

»Wow und ich hab nicht mal ein Schwimmschlüpfer.«

»Also mach das nicht noch mal, verstanden? Ich glaub, ich bin bescheuert, hier einfach den Wasserhahn aufzudrehen.«

»Mann, nun regt dich mal wieder ab, oder ist das an ansteckende Seuche? Na wenigstens hast du einen Namen für deine Krankheit gefunden«, murmelte Tommy sich in die Vibrissen, als er die Küche verließ. Auch ich nahm den Weg wieder ins Bett.

»Gute Nacht Tommy, träum was Schönes«, rief ich noch, worauf nur mit einem kurzen beleidigten Mrrrrr antwortete, was so viel heißt wie:

»Schau, dass di schleichst.«

## 12. Wie ein chaotisches surreales Puppentheater

Nach der nächtlichen Strapaze im Schlaf gestört, kann man zwar das Licht ausschalten, nicht aber die Gedanken und Grübeleien und so dachte ich noch lange über den Wasserhahn und Tommy nach.

Erst letzte Woche wurde ich durch ein nicht zu verwechselndes Geräusch wach, den eine Katze nun mal von sich gibt, wenn sie sich fürchterlich übergibt. Schnell sprang ich auf, warf einen Blick in den Flur und sah die lang gezogenen Überreste einer ordentlichen Portion Trockenfutter. Sofort holte ich reichlich Haushaltstücher und einen feuchten Lappen, um die Spuren des Brockenpürees zu beseitigen, bevor ich am Morgen schlaftrunken hineintrete.

Indessen hörte ich auch schon die nächsten Übergebungsgeräusche aus dem Wohnzimmer, wo erwartungsgemäß mein Kater nur noch die Verdauungsflüssigkeit in Form eines schleimigen Breis hinterließ.

Während ich die Spuren der Übelkeit beseitige, vernahm ich bereits das Knacken seiner Brekkies aus der Küche, welche sein frisch gelehrtes Bäuchlein wieder auffüllen sollen.

Doch diese Nacht stellte ich mir bildlich vor, wie mein Kater es geschafft hatte, wie er womöglich mit seinem Kopf den Hebel des Wasserhahnes anhob, um – genau wie im Badezimmer – die lustige Verwirbelung des Wasserstrahls im Lochsieb zu beobachten. Vielleicht war er auch nur auf der Suche nach einer Beschäftigung oder wollte gar seine Abwaschkünste perfektionieren.

Oft genug beobachtete er mich, liest von Gesten Körperhaltungen ab, klaut mit den Augen. Genau, wie wir Menschen bereits als Kind in die Rolle des Beobachters schlüpfen, so tun es auch schon Katzenbabys, um zu lernen, wie Dinge funktionieren und wo Verhaltensweisen angemessen sind. Und da das ganze Leben ein Lernprozess ist, sammelt auch mein Kater immer wieder wertvolle Erfahrungen.

Er hat es auch gelernt, Schränke, Tische und Tapeten nicht als eine Art Baumgattung zu betrachten, um seinen Zeitvertreib oder seine Maniküre daran auszuüben, auch nicht an Gardinen hoch zu krabbeln, um sie mit einer Predigt in die typischen Falten zu quatschen.

Dass dann am unteren Rand der Couch hin und wieder mal ein Ziehfaden zum Vorschein kommt, liegt an seinem Spieltrieb, wenn sein Spielkamerad – Apollo die Junior-Ratte - sich einfach darunter verkriecht. Solche Destruktion kann man aber schnell mit einem farbpassenden Winkelprofil kaschieren. Inzwischen verfügen die Couch und der Sessel über einen kompletten Leistenprofilrahmen.

Eigentlich kann ich ja froh sein, dass Tommy ein Wallach ist, ein Kater, der unfreiwillig aus der Evolution ausgeschieden ist und ein Mitglied im Klub der kernlosen Weintrauben wurde.

Nicht kastrierte neigen dazu, ihr Revier zu markieren und gerade in der Wohnung wäre es ärgerlich, wenn er damit seinen Imperialismus verbreiten würde. Der Geruch soll sehr intensiv und hartnäckig sein, besonders dann, wenn er in saugende Untergründe eindringen kann und wenn immer wieder die gleiche Stelle zum Markieren aufgesucht wird.

Aber nur die großen Katastrophen bringen Fortschritt und so hat ein amerikanischer Konsumgüter-Hersteller ein Geruchs-Neutralisierer entwickelt, einen sogenannten Pippi-Geruchwegmacher. Mit ihm kann man sich die Mühe ersparen, seine Matratze in den Waschsalon zu schleppen, um sie dort in einem acht, elf oder vierzehn Kilo Waschautomaten von dem beißenden penetranten Duft zu befreien. Ein paar Spritzer sollen schon reichen, um für ein Wohlfühl-Ambiente zu sorgen, den Geruch zu entfernen und Frühlingsfrische zu verbreiten. Ein Fortschritt, der begeistert. Nie mehr waschen, nur noch einsprayen.

Irgendwann schlief ich dann doch ein, und als ich am Morgen wach wurde, kam ich mir vor, als wäre alles in meinem Kopf untervermietet, als wenn gerade ein Rennen mit römischen Streitwagen stattfand. Unausgeschlafen war ich und brauchte erst mal eine Zeit, um in Schwung zu kommen.

»Einen wunderschönen guten Morgen, Señor de la comida«, miaute Tommy mich an, als er sich mit den Vorderpfoten auf die Bettkante stelle und mein Gesicht fixierte. »Hast du auch Hunger?«

Tja die lieben Mitbewohner. Wohnt man nicht gerade in der Wildnis Kanadas, kommt man nicht drum herum, sich mit einem Aufforderungscharakter begrüßen zu lassen.

»Guten Morgen Tommy. Herrchen könnte eigentlich noch ein bisschen an der Matratze horchen, nachdem du ihn heute Nacht auf Trab gehalten hast. Aber egal …, was soll's.«

Dabei schlug ich die Bettdecke zurück, atmete tief durch und blieb für den Bruchteil einer Sekunde flach liegen. Tommy sah wieder die Gelegenheit zum Körperkontakt, sprang ganz aufs Bett und dann auf meinen Bauch.

Wie in der Szene eines Slapstick-Films, wo man mit einem Gästebett zusammenklappt und dabei die Fußspitzen mit den Händen in der Luft berührt oder wie bei einem Sit-Up, wo man mit einem Gewicht vor der Brust haltend seinen Oberkörper so weit aufrichtet, dass die Ellenbogen die Oberschenkel berühren, so kam ich mir vor, als ein Aufprallgewicht von mindestens 20 Kilo auf meinen Bauch landete.

»Uff«, rief ich nur und war fortan wach.

»Oh guck mal«, maute Tommy, »wie tief meine Pfote in deinem Bauch verschwindet. Wenn ich da mal rein kralle, ob dann die Luft herausgeht?«

»Ey Tommy wage es nicht«, doch ein Nein ist schon immer für Tommy ein Ausdruck mangelnder Fantasie gewesen und schon spürte ich seine Nahkampfwaffe, wie sie sich langsam in meinen Wohlstandshügel vertiefte.

»Aaauuuaa, man Tommy, das tut doch weh, geh weg da.«

»Dickes fettes Entschuldigung. Ich stell mich auch gleich in die Ecke, du Weichei.« Daraufhin sprang er vom Bett und war im Begriff, mir den Weg in die Küche zu zeigen.

Doch jeden Tag das gleiche Ritual. Während er gehobenen Schwanzes vor mir herlief, um mir den Weg zu seinen Fressnäpfen zu zeigen, er sich ständig durch einen prüfenden Blick nach hinten vergewisserte, ob ich ihm auch folge, schlug ich wie jeden Morgen erstmal den Weg ins Badezimmer ein. Sofort bemerkte er diesen Wandel und meckerte:

»Ey Dosi, hast du mehr vergessen, als du gelernt hast, oder haben sie dir das Gehirn geteert? Hier geht's in die Küche.«

»Ich muss mich erst mal frisch machen, ich sehe ja aus wie exhumiert.«

»Da hast du recht. Wenn ich Gesichter machen könnte, hättest du schon längst ein anderes.«

Dabei stürmte er ebenfalls ins Bad und begann entweder mit seiner Morgentoilette, die für einen erfolgreichen Start in den Tag sorgt oder aber er sprang in die Badewanne, und wartet darauf, dass man ihm wieder seine eigene kleine Stromschnelle bildet. Die Schüssel, die ich auf den Wasserablauf gestellt hatte, um mir das ständige Aufdrehen des Wasserhahnes zu ersparen, wird derweil ignoriert. Nur wenn ich mit dem Finger das Wasser aus der Schüssel heraus schnelle, fängt er anschließend an, die Wanne trocken zu legen. Manchmal habe ich das Gefühl, er gönnt mir keine Ruhe, muss mich ständig beschäftigen, damit ich nicht auf dumme Gedanken komme. Tja …, die Wege des Chefs sind unergründlich.

»So Tommy jetzt machen wir dein Fresserchen in der Küche«, sprach, als ich mich einigermaßen hergerichtet hatte und das Badezimmer wieder verließ.

»Sagtest du gerade … Kü-ü-üche? Oh Mann, ich hab schon fast vergessen, wie hungrig ich bin«, bekam ich maunzend zur Antwort.

Auch in der Küche der wiederkehrende Kult, die bergsteigenden Künste eines Alpinisten, das Studieren der Packungsaufschrift und die Vorstellung, ein Gourmet zu sein, der ein bisschen Geflügel mit Preiselbeeren und Löwenzahn verspeisen möchte, weil es zu einem hervorragenden Frühstück einfach dazugehört.

Dann die Abschiedszeremonie, bevor ich zu Arbeit gehe, darzulegen auf meinen Schuhen, wie die faszinierenden exotischen Gestalten, die die mysteriöse Kultur des alten Indiens hervorbringen und eine außergewöhnliche Körperkontrolle damit demonstrieren.

»So Tommy ich muss jetzt gehen.«

»Geh du ruhig zu deiner Oma, Rotkappenmann und bring ihr Schnaps und die Rosinen vom Kuchen. Ich muss mir erst mal ein ruhiges Plätzchen suchen, um ein Nickerchen zu halten.«

Auch wenn ich nach Hause komme, spielt sich alles nach dem gleichen Schema ab. Ungeduldig steht er vor der Tür und wartet, dass sie endlich geöffnet wird, er heraustreten und nach anderen Plätzen suchen kann, die er womöglich kolonisieren könnte. Dabei wird erst mal gemeckert:

»Kennst du das Gefühl, wenn der Nachhauseweg halb so lang erscheint wie der Hinweg? Also mir geht es jedenfalls so. Ich bin noch nie so schnell an die Tür gerannt, wie heute und das mit leeren Magen.«

Wieder eine Zaunpfahlpolka dachte ich mir. Ein Magen wie eine Müllpresse.

»Ja auch dir ein Hallo, Tommy«, rief ich dann.

»Ah, sie mal einer an, er kennt noch meinen Namen.«

Ein weiterer Wink mit dem Zaunpfahl. Wenn man mit Tommy redet, dann ist es genauso, als wenn man mit einem Brathähnchen zum Tierarzt geht und fragt, ob da noch was zu machen ist. Er ist das dominierende Wesen in unserer Sechs-Pfoten-Wohngemeinschaft, ein energiegeladenes endlos aktives Duracell-Plüschhäschen, das zeigt, wo der Storch die Mäuse holt, wie man einer Glatze eine Locke dreht und wann die Haustür geschlossen wird.

Und so wartete ich wieder mal angelehnt an der Haustür, warte, bis er den Geruch aller Fußmatten überprüft, studiert und für Positiv empfunden hatte, wobei ein positiver Geruch im Allgemeinen als Duft bezeichnet wird und an eine Frühlingswiese erinnert.

»Ey Fräulein, wie wäre es mit hereinkommen«, erkundigte ich mich nach einer Weile.

»Möchtest du eine ehrliche und beschönigende Antwort?«

»Tom-m-my!«

»Schrei mich bloß nicht so an. Das habe ich nicht verdient, nachdem ich dich jeden Tag nach Leibeskräften betüddele.«

»Ist ja gut, los komm rein … jetzt!« Nichts passierte und so musste ich zu anderen Maßnahmen greifen. »Okay …, dann anders … Essen ist fertig.«

Ein Wort glaub ich, dass er in dreiundfünfzig Sprachen versteht. Mit der Geschwindigkeit eines Geparden, der Schnelligkeit eines Wettläufers und der Betriebsamkeit von denen, die bei dem Wort Arbeit wie ein Blitz verschwinden, schoss er in die Wohnung durch den Flur in die Küche. Dort stand er vor leeren Näpfen.

»Weiß du, was du bist? Lügen tust du, das bist du«, meckerte er.

»Nun wer lügt, hat wenigstens die Wahrheit gedacht«, bemerkte ich, füllte seine Fressnäpfe, stellte sie in seine Futterstation und wünschte ihm:

»Guten Appetit, lass es dir schmecken.«

»Endlich was zu spachteln«, bedankte er sich miauend. »Könnte ich noch eine Prise Ketchup haben? Wenn ich schon den Fraß herunterschlingen muss, dann sollte er wenigstens anständig gewürzt sein«, murrte er noch und stürzte sich auf sein Nassfutter, als gäbe es morgen nur trocken Brot.

»Nicht so hastig, keiner nimmt dir was weg.«

»Essen ist Silber, fressen ist Gold, schmatz, schmatz, schmatz.«

Derweil duschte ich, kochte mir ein Käffchen und widmete mich dann dem Feierabend auf dem Balkon zu.

Auch hier die gleiche Prozedur. Sobald die Auflagen auf den Balkonmöbeln verbracht wurden, ist Tommy da, surft erst mal mit einer der Polsterauflagen quer über den Boden, um anschließend in der Botanik zu landen.

»Bist du hingefallen, fragte ich daraufhin.«

»Nein, ich steige immer so ab«, hört man dann von ihm mauen.

Oder er vereinnahmt meinen Sitzplatz, worauf ich ihn jedes Mal auffordere:

»Tommy das ist mein Platz.«

»Echt? Hm …, ich wusste doch, irgendwie hab ich mich vertan, konnte mich aber bis jetzt beim besten Willen nicht erinnern, was es war.«

Ich vermute mal, dass er es darauf anlegt, dass ich ihn behutsam hochhebe und ihn sanft auf die Seite des Doppelsessels lege, die für ihn bestimmt war.

Auch gemeinsames Fernsehen ist eigentlich nur eine Wiederholung des vorangegangenen Abends. Liege ich entspannt zum Fernseher schauend auf der Couch, dauert es keine zehn Sekunden dann steht er vor mir und versperrt mir die Sicht.

Er muss es förmlich spüren, denn egal wo er ist, im Flur, Bad, Küche oder im Schlafzimmer, im Schrank, in der Badewanne, unter der Bettdecke, die Zehnsekundenmarke, um ins Blickfeld zu rücken, muss für ihn eine physische und psychische Schwelle sein, die er jedes Mal zu bewältigen versucht und auch schafft.

Manchmal kommt es mir vor, wie ein chaotisches surreales Puppentheater.

## 13. Eigentlich ähneln wir Menschen uns den Tieren in vieler Hinsicht

Seit mein Kater in mein Leben trat, hat sich vieles geändert. Gerade dann, wenn das Verzehren, das Vermissen, das unermessliche Verlangen nach dem geliebten Menschen kein Ende findet und der Kater dann sanft seine Pfote an meine Wange legt, um die Träne des Schmerzens, der Trauer, der Hilflosigkeit, der Angst und das Gefühl tiefer Kränkung und Ungerechtigkeit aufzufangen, dann weiß ich, wie mein Tommy mit mir fühlt.

Anderseits kann er auch ein Lausbub sein, was unser Zusammenleben aufheitert. Besonders dann, wenn man länger gearbeitet hat, einkaufen musste und dann voll bepackt mit diversen Einkauftüten die Wohnung betritt.

»Wird aber auch Zeit, dass du nach Hause kommst. Ich hab Kohldampf bis unter die Vorderbeine, könnt jetzt einige Döner verprügeln.«

»Tut mir Leid, hat heute ein bisschen länger gedauert, musste halt noch einkaufen.«

»Nicht dass ich mir Sorgen gemacht habe, n-e-e-e-i-n! Du bist erwachsen genug, um auf dich selber aufzupassen und bisher ist dir ja auch nichts passiert. Aber man muss sich nicht immer auf sein Glück verlassen, denn irgendwann kommt der Moment, wo unvorhersehbare Dinge passieren und dann …? Wer füttert mich dann? Wer macht meine Katzentoilette sauber? Ey Alder, macht das nicht noch mal, ruf vorher an oder schreib ein Brief …, ne ruf lieber an, ich hab's nicht so mit dem Lesen.«

Tommy lag in seiner ganzen Breite und Länge im Flur und machte keine Anstalten, beiseite zu gehen. Ich glaub er war angepisst, schmollte, spielte die beleidigte Leberwurst. Er hatte bisher immer feste Zeiten, wo er sein Fresserchen bekam und an die hat er sich gewöhnt oder besser gesagt, sein Magen sich daran gewöhnt. Dass man mal später kommt, naja, kann ja schon mal passieren.

»Könntest du eventuell …, dich ein Stück zur Seite bewegen?«, fragte ich.

»Stör mich nicht, du siehst doch, ich mache Siesta.«

Das sind dann die Momente, wo man mit graziösen Bewegungen, anmutigen und leichtfüßigen Schritten über den Kater hinweg steigen will, um dann sicher und unversehrt in der Küche zu landen. Vorher schnell noch ein Blick über den Rand der krampfhaft im Arm haltenden Einkaufstüten, damit man ja nicht den King of the fur ball versehentlich anstößt und ihn so bei seiner Entspannung stört.

Ein Wunschtraum. Doch, als ich das Bein hob, fiel Mister Fellnase nichts Besseres ein, als sich auf den Rücken zu drehen, zu Gähnen und sich dabei nach allen Seiten auszustrecken. Schon nahm er eine ganz andere Position ein, als zuvor registriert wurde, was mich irritierte und das Gehirn auf eine große Probe stellte.

In Sekundenbruchteilen wurde diese Situation erkannt und inhaltlich interpretiert, von den Sinnesorganen aufgenommen und an die Schaltzentrale weiter geleitet, an das zentrale Nervensystem. Hier werden Entscheidungen getroffen, wie und mit welchen Mitteln man ein eventuell bevorstehendes Unglück vermeiden kann. Doch ob so ein Entschluss rechtzeitig entschieden und auch umgesetzt werden kann, steht in den Sternen.

Ich zumindest stand mit den Tüten in der Hand hartnäckig und verzweifelnd, wie ein großer rosafarbener Vogel mit dem eiförmigen Körper, auf einem Bein und wartete auf die Eingebung, wohin der nächste Schritt gesetzt werden sollte. Das ganze Körpergewicht lastete auf einem Bein und ist eine Herausforderung an die Balance. Ein akrobatisches Kunststück, wo man schon nach wenigen Sekunden das Gleichgewicht verlieren kann.

Für einen Flamingo ist es eine Energiesparfunktion. Er hält so sein nacktes Bein im dichten Bauchgefieder abwechselnd warm.

Doch dann passierte es. Der Körper konnte die Balance nicht mehr halten. So kam ich ins Straucheln, fiel zuerst ins Hohlkreuz, weil ich mich nach hinten streckte, beugte mich anschließend wieder nach vorne, um das Gleichgewicht zu finden, wobei der Kopf nach vorne kippte, die Schultern nach unten sackten, der ganze Körper in sich zusammenfiel und das Bein dabei versuchte einen größeren Schritt vorwärts zu machen, über Tommy hinweg.

Da der Inhalt der Tüten noch zum Überleben gebraucht wird, hielt ich sie fest an meiner Brust gedrückt, kam dabei weiter ins Trudeln, schwankte erneut zwischen Hohlkreuz und Buckel hin und her und ließ mich dann von der Erdanziehungskraft zu Boden reißen.

Wie ein Quinggong Mönch, der mit übernatürlicher Energie übermenschliches erreicht, drehte ich mich mitten im Sturz, um den Inhalt meiner Einkaufstüten vor Beschädigung schützen, was mir nach dem Aufprall auf den Fliesenboden damit gedankt wurde, dass der Inhalt des Eingekauften sich über mein Gesicht ergoss.

Hier lag ich nun zwischen Katzenfutter, Brekkies, Kaustangen, Butter, Brot, Milch und anderen essbaren Utensilien und dachte nur, was für ein spektakuläres Abenteuer.

Sofort schreckte Tommy auf, rettete sich durch einen geistesgegenwärtigen Sprung zur Seite und staunte dabei, wie ich da so lag.

»Uuups«, maute er. »Ich hab es ja gewusst, dass du mir eines Tages zu Füßen liegen wirst. Aber meinst du nicht, dass die Nummer illegal ist? Reicht es nicht, mein Freund zu sein? Ich meine so gleichgeschlechtliche Ehen, das ist nichts für mich. Bleib lieber mein Diener und tue, was ich dir sage. Was sagst du dazu? Oder weshalb hast du dich da hingelegt? Bist du etwa müde?«

»Nein, ich liege hier nur auf dem Boden, weil ich mich freue.«

»Worüber freust du dich denn?«

»Über nichts du Dösbaddel. Ich bin gestolpert, falls du es nicht bemerkt hast.«

»Gestolpert?«

»Ja! Ein ungewolltes Verhaken der Füße aufgrund einer Verkettung widriger

Umstände, wenn du es genau wissen willst. Ein eindeutiger Fall von Dilemma.«

»Na und ich hab schon gedacht das wäre eine verkaufspsychologisch-taktische Vorgehensweise, um deine Torschlusspanik zu überwinden. Okay Lady Müllfort, dann steh auf und räum das hier auf. Ich werde es mir derweil vor der Terrassentür bequem machen und warten, bis das Essen fertig ist und du mich rufst.«

Tommy ist der Meinung schon immer der Zarteste in unserer WG zu sein, weshalb er den Standpunkt vertritt, oft und viel gefüttert zu werden. Zwar ist der Magen kein Muskel, dennoch kann er trainiert werden.

Doch hin und wieder frage ich mich, hat das Irrenhaus heute Wandertag?

Er ist kein nachtragender Kater, immer gut gelaunt und eigentlich auch sehr gesprächig, wobei er aber auch öfters über seine Duftstoffe mit mir kommuniziert. Ganz besonders liebt er es, wenn man ihn an der Schwanzwurzel streichelt, wo Duftdrüsen bestehen, die sich dadurch mit den Meinigen vermischen oder wenn er seine Wange an meinem Kinn reibt. Eine unauffällige Art der Markierung seines Menschen, äh …, ne seines Dieners.

Doch eigentlich ähneln wir Menschen uns den Tieren in vieler Hinsicht. Frauen markieren auch, indem sie ihren Mann einen schlichten Wangenkuss verabreichen und damit signalisieren, dass andere Frauen bei dem markierten Mann keine Chance mehr haben.

Wir Männer hingegen unterscheiden uns eigentlich nur dadurch, dass wir Kreditkarten besitzen und unseren Namen in den Schnee schreiben können. Ansonsten markieren auch wir unser Revier, zwar nicht mit Duftnoten aber mit Bierdosen, mit nicht heruntergeklappten Klobrillen, mit gewaltsam zusammengequetschten Zahnpastatuben, mit Barthaaren im Waschbecken, mit gebrauchten Unterhosen und mit Schuhen, die ständig im Wege stehen.

Selbst gebrauchte Socken, die sich Wochen später eingequetscht in der Polsterritze des Sofas wiederfinden, widerspiegeln nicht eine Marotte, sondern dienen eher der Reviermarkierung.

Auch Besucher mehrtägiger Open Air Festivals markieren ihr Revier, indem sie überall hinpinkeln, Kot absetzen und sich fleißig übergeben.

Katzen sind eigentlich schon immer die besten Freunde des Menschen gewesen, mehr sogar als nur Freunde. Sie trösten uns, wenn wir traurig sind, sie bringen uns durch ihre Kapriolen zum Lachen, Beruhigen uns, wenn wir sie streicheln, und gehorchen sogar manchmal, wenn man sie ruft.

Eines Tages kam ich angekratzt nach Hause, setzte mich in die Küche und fing an zu meckern:

»Man war das für ein Scheißtag heute, nicht nur das Ich auf dem Heimweg in eine Polizeikontrolle geriet, die mir fast mein ganzes Auto zerlegten, nur um meinen Verbandskasten zu finden. Nein das Fehlen der Gummihandschuhe stellte plötzlich eine Ordnungswidrigkeit dar, genauso wie das nicht Vorhandensein der Rettungsdecke, eine Folie um Verletzte vor Unterkühlung zu schützen. Ja, und da ich erwähnte, dass ich die Folie womöglich zum Grillen benutzt habe und die Handschuhe als Schutz zur Empfängnisverhütung, erhöhte sich urplötzlich wie von Geisterhand mein Verwarnungsgeld auf das Dreifache.«

»Oh Mann, da haben sie dich aber ganz schön gemolken«, maute Tommy.

»Und dann die Frage: Haben sie was getrunken? Natürlich habe ich was getrunken. Jeden Morgen nach dem Aufstehen fange ich an, was zu trinken. Genügend Flüssigkeit ist wichtig für den Körper. Alkohol meinte er folglich. Daraufhin erklärte ich ihm, dass nicht mal zehn

Prozent aller Autounfälle durch den Konsum von alkoholischen Getränken verursacht wurden, was wiederum heißt, dass mindestens neunzig Prozent der Unfälle durch stocknüchterne Verkehrsteilnehmer entstanden sind. Die hatten kein Problem mit dem Alkohol, sondern ohne. Doch als ich dann fragte, wie es denn mit dessen Alkoholspiegel aussähe, darf ich demnächst mit einer Einladung auf die Wache hoffen.«

»Puh«, stöhnte Tommy. »Bevor ich mich zu denen auf die Wache begebe, würde ich mich lieber im Wasser ertränken.«

»Da bringst du mich auf eine Idee. Ich werde mal deiner Anregung folgen und mich heute ertränken.«

»Warte mal ein Moment. Ich hab das nur als Scherz gemeint, ich ...«

»Jetzt ist kein Moment für Scherze.«

»Überlege es dir noch mal. Du ...«

»Papperlapapp, mein Entschluss steht fest«, antwortete ich ging zum Kühlschrank, öffnete ihn und sah hinein.

»Du kannst mich doch jetzt nicht alleine lassen, nach all was ich für dich getan habe.«

»Wer redet davon, dich alleine zu lassen.«

»Na du, du willst dich doch ertränken.«

»Ja in Alkohol ertränken«, sprach ich, schob die Lebensmittel im Kühlschrank beiseite und holte eins der beiden letzten Biere heraus.

»In Alko ..., ach so!«

Doch der Vorrat im Kühlschrank brachte mich in arge Bedrängnis. Mit nur zwei Bieren kann das Naturwunder des berauschenden Zustandes zu keiner Schnapsdrossel führen. Und warum auch, denn die Gute-Laune-Flüssigkeit ist auch keine Lösung. Sie lädt nur zu wackeligen Tanzeinlagen ein, lässt einen ins Reich der lallenden Zungen eintreten und führt zu dem beliebten Kopfschmerz am nächsten Tag. Alkohol löst zwar keine Probleme auf, aber meistens Freundschaften, Ehen und zuletzt die Leber.

So beließ ich es bei den zwei Flaschen, und da ich nur in Gesellschaft trinke, bekam Tommy wieder seine Vanillesoße.

## 14. Doch kann ich zufrieden sein, Untertan der besten, schönsten und klügsten Katze der Welt zu sein

Der einzige wirklich wahre Feind einer Katze ist eigentlich der Staubsauger, auch Teppichdackel, Fusselmoped oder Frauenhilti genannt. Sobald dieser sichtbar wird, kann aus einem verschmusten, liebevollen, kuscheligen, sanften, verspielten Kätzchen ganz schnell ein Blut leckender Spielplatzlöwe mit der Beißkraft einer Müllpresse werden.

»Hey du Heulbesen, mach jetzt hier kein Krach, sonst lernst du die harten Seiten des Lebens kennen«, schnauzte Tommy ihn an.

Doch das Panflötengeschwader gab keine Antwort. Er war noch nicht in Betrieb und so stand Tommy schön, stark und mutig davor und hätte dem Dreckfresser am liebsten eine geschallert, und zwar so doll, dass ihm nicht nur der Rüssel aus dem Korpus fliegt, sondern der Müllbeutel gleich hinterher.

Als kultivierter Träger eines Fells, das ihn vor nackten Tatsachen schützt, ist Tommy gerne bereit, seine alten Haare kontinuierlich durch neue zu ersetzen und die alten überall herumliegen zu lassen. Als Hauskater, der behagliche Wärme und künstlichem Licht ausgesetzt ist, ist er nicht an den natürlichen Rhythmus gebunden, im

Frühjahr und im Herbst einen Fellwechsel der Unterwolle vorzunehmen. Demzufolge wachsen und erneuern sich seine Haare durchgehend und unabhängig von der Jahreszeit.

Da Tommy eigenes Personal hat, wie einen Servierknecht, einen Erziehungsbefohlener, einen Verbalfürsorger, eine Katzenkloreinigungskraft und einen Fußbodenkosmetiker, kann er sein Fell-Suizid ständig bewerkstelligen.

Bevor aber sein Fußbodenkosmetiker stundenlang auf Knien herumrutscht und mit der Flusenbürste seine Mähne aufsammele, wird die Arbeit mit einem Staubsauger schon mal für einen kurzen Augenblick geduldet. Das ist dann der Moment, wo mein kleiner adrenalingeschwängerter, wohlernährter Fleischfresser und bis in die Knochen hinterhältig-durchtriebener, maßlos überschätzender Kater, hoch zu Ross dem Feind die Stirn bietet und …

… und, naja die Flucht ergreift, sich aus der unangenehmen Lebenssituation befreit und ins Schlafzimmer unters Bett verschwindet. Zurzeit steht der Staubsauger aber noch unbeweglich herum.

»Du brauchst doch keine Angst vor dem Staubsauger haben, oder meinst du, nur weil der Beutel voll von deinen Haaren ist, dass er dich auch wegsaugen könnte?«

»Na ich weiß nicht, schau dir den Dreckfresser an. So gierig, wie der aussieht, arbeitet der wie eine städtische Mülltonne, die der Meinung ist, jeden von Schmutz befallenen Gegenstand fachgerecht entsorgen zu müssen.«

»Es dauert doch nicht lange.«

»Ich finde es trotzdem ganz schön peinlich, was hier abläuft. Immer wenn ich meine Augenlider von innen pflegen will, kommst du mit der Heulboje und sprengst mir fast die Ohren weg.«

»Okay, okay ich werde den Leistungsregler auf halbe Kraft stellen, dann ist er nicht so laut.«

»Tu, was du nicht lassen kannst. Ich werde mich erstmal ins Schlafzimmer verkrümeln und mich unter der Bettdecke verkriechen. Wenn du mit deiner pedantischen Arbeit, zu der bei dir eigentlich die erforderliche genetische Voraussetzung fehlt, fertig bist, erwarte ich als Entschädigung einen Eimer voll Makrelen, indem ich mein Maul stecken kann.«

»Kriegst du.«

»Schleim mal nicht so herum. Du willst ja nur, dass ich dich für deine hausmännische

Putzkultur lobe, damit dein Selbstwertgefühl nicht ins Bodenlose fällt.«

Daraufhin verschwand er und gähnte dabei noch so vor sich hin:

»Ah-ohahhh. Ich werde die Menschen wohl nie verstehen.«

Damit er sich in solchen Situationen verkriechen kann, dürfen geschlossenen Türen seinen Patrouillengang nicht hindern. Sie würden ihn nur blockieren, das heimatliche Revier zu erkunden, es in immer wiederkehrenden Intervallen zu inspizieren.

Um so mehr freut es ihn auch, wenn es an der Tür klingelt, auch wenn es sich nur um ein Päckchen für den Nachbarn handelt, den der Zusteller abgeben will. Noch bevor der Finger von der Klingeltaste genommen wird, steht Tommy bereits vor der Tür und lauscht dem Nachhall des Läutwerks nach. Dabei fixiert der den Griff der Tür, würde am liebsten hochspringen und sie selber öffnen.

»Tommy das ist nicht für dich«, bemerkte ich.

»Das kannst du doch gar nicht wissen, bevor du nicht die Tür aufgemacht und nachgesehen hast.«

»Wer sollte dich besuchen?«

»Na vielleicht die Luxus-Biene von der Gefühlsglotze, ein Model von der Dessous-Kollektion, ein alter Freund, meine Oma oder die Hölle selber.«

Ich betätigte den Summer, damit die Sperre der Falle an der Eingangstür aufgehoben wird und sich dann öffnen lässt. Gleichzeitig öffnete ich die Wohnungstür und kaum einen Spalt geöffnet, zwängte sich schon mein Kater hindurch, stand an der Treppe und schaute einem Mann entgegen, der wie ein Aktivsportler die Treppe hinauf kam, als wenn er sich im Fitnessstudio den ganzen Tag auf einem Laufband bewegen würde.

Oben angekommen das tiefe Ein- und Ausatmen eines Gemisches, das in fast allen Ländern monopolfrei und kostenlos verfügbar ist. Es war tatsächlich ein Paketzusteller und um dem Werbeslogan zu frönen, jedes Paket in die Wohnung zu tragen, bat er mich, es anzunehmen.

Mit einem Handscanner, einen tragbaren Minicomputer, erfasste er die Daten des Paketes und ließ sich den Empfang auf dem berührungsempfindlichen Bildschirm mit einem speziellen Stift quittieren.

Danach verschwand er wieder. Gleichzeitig kam die Nachbarin die Treppe hinauf, eine Frau, dessen Beine Tommy sofort als Pylonengasse benutzen musste.

Dann die Streicheleinheiten, die er bekommt und so tat, als hätte er noch nie im Leben welche bekommen. Ganz wirr wird sein Blick, als wenn Halluzinationen bei ihm ausgelöst wurden, als wenn er sich im Rausch befindet und blau-karierte Gummibärchen sieht, als wenn er neue Erkenntnisse über das Universum und über seinen Herrn der Fellkugel erlangte.

Total durcheinander, zerstreut und aufgewühlt und mit keinerlei Orientierungspunkte, wie Mond und Sterne oder gefüllte Fressnäpfe, lief er in die falsche Richtung und zeigte keine Hemmung, in die Wohnung der Nachbarin zu marschieren.

»Ey leidest du an Amnesie, hier ist dein Zuhause«, rief ich ihm zu. Doch Tommy ging weiter.

»Hallo Tommy, brauchst du einen Blindenhund?«

»Was soll ich denn mit einem blinden Hund?«

»Na vielleicht den Weg zu deinem Dienstleistungsknecht finden.«

»Netter Versuch.«

»Oder zu deinem Genussmittel-Optimierer.«

Auf einmal drehte Tommy sich um und ging mit gemächlichen Schritten an mir vorbei in unsere Wohnung, natürlich zuerst in die Küche, um das Bestreben des Genussmittel-Optimierers zu überprüfen.

Lange leben wir nun schon zusammen und befinden uns heute bereits in einem Alter, wo man an der Ampel gefragt wird:

»Kann ich ihnen über die Straße helfen?«

Wo die Lieblingslieder als Oldies bezeichnet werden, wo einem im Bus ein Platz angeboten wird, obwohl man nicht schwanger ist, wo die Midlife-Crisis von der Zukunft in die Vergangenheit gewechselt hat.

Wahrscheinlich ist es nur eine Einbildung, dass ich das Miauen meines Katers verstehe, wir in Wirklichkeit gar nicht miteinander kommunizieren können. Vielleicht stelle ich mich auch nur mit dem Tier auf eine Stufe, weil ich ihn um sein artgemäßes Verhalten beneide.

Doch eins weiß ich: Seit ich ihn habe, kann ich zufrieden sein, Untertan der besten, schönsten und klügsten Katze der Welt zu sein und ich wünsche mir, dass wir noch lange unsere Sechspfoten-WG miteinander teilen.

Weitere Bücher des Autors, zu beziehen über www.bod.de oder über Buchhandel mit ISBN: 978-3-7357-2200-3

Als ich sieben Wochen alt war, hatte ein Feuer seinen zerstörerischen Weg genommen und mich von meiner Mutter und von meinen beiden Geschwistern getrennt. Ich fühlte mich hilflos, gelähmt wie ein Opfer, verstoßen und vertrieben. Doch ich wurde zum Kämpfer und tat ich Dinge, von denen ich nicht überzeugt war, dass ich sie unbeschadet überstehen würde.

ISBN: 978-3-7386-2334-5

Es ist die Liebe zu den Tieren, Dinge zu tun von denen man eigentlich nicht überzeugt ist, dass man sie überhaupt unbeschadet übersteht; seinen Kater aus den Klauen von Tierfängern zu befreien und dabei ein negatives Gefühl zu entwickelt, weil man der Meinung ist, etwas Unrechtes getan zu haben.